조선
특파원
잭런던

# 조선 특파원 잭 런던

서해문집 청소년문학 001

**초판 1쇄 발행** 2018년 2월 20일 ＼**초판 2쇄 발행** 2018년 8월 1일
**지은이** 설흔 ＼**펴낸이** 이영선 ＼**편집 이사** 강영선 김선정 ＼**주간** 김문정
**편집장** 임경훈 ＼**편집** 김종훈 이현정 ＼**디자인** 김회량 정경아
**독자본부** 김일신 이호석 김연수 정혜영 박정래 손미경 김동욱

**펴낸곳** 서해문집 ＼**출판등록** 1989년 3월 16일(제406-2005-000047호)
**주소** 경기도 파주시 광인사길 217(파주출판도시) ＼**전화** (031)955-7470 ＼**팩스** (031)955-7469
**홈페이지** www.booksea.co.kr ＼**이메일** shmj21@hanmail.net

ⓒ 설흔, 2018
ISBN 978-89-7483-910-9 43810
값 9,800원

이 도서의 국립중앙도서관 출판시도서목록(CIP)은 e-CIP 홈페이지(http://www.nl.go.kr/ecip)에서
이용하실 수 있습니다.(CIP제어번호: CIP2018003824)

서해문집
청소년문학
001

# 조선 특파원 잭런던

설흔 장편소설

서해문집

1904년 2월, 잭 런던은 조선을 방문했다.

전 세계의 이목을 집중시킨 러일전쟁을 취재하기 위해 온 것이다.

차례

# 1. 울프와 영 보이

1904. 3. 20. 09:00

쪽마루에 놓인 회중시계를 주시하던 울프가 하늘을 향해 손바닥을 위로 뻗었다. 아홉 시 정각이 되었다는 뜻이다. 나는 모의된 계획을 실행했다. 재빨리 몸을 반대편으로 돌려 대문을 활짝 연 것이다. 갈라진 문 틈새로 안을 들여다보던 아이들 몇몇이 놀라서 달아났다. 대부분의 사람들은 몸을 조금 움직였을 뿐 원래 서 있던 자리에서 꿈쩍도 하지 않았다. 도망갔던 아이들도 곧바로 제자리로 돌아왔다. 울프가 콧노래를 부르며 툇마루에서 일어났다. 콧노래는 좁은 마당을 한 바퀴 도는 시간만큼 이어졌다. 콧노래를 마친 울프는 마당 한가운데에서 멈추었다. 울프는 사람들을 짐짓 외면했다. 눈을 가늘게 뜨고 하늘을 보았다. 날씨 관찰은 금방 끝나지 않았다. 연한 구름 서너 점이 수줍게 자리한 하늘을 울프는 오래 처다보았다. 사람들은 동굴 안의 곰처럼 참을성 있게 기다렸다. 울프의 시선이 처음으로 사람들에게 향했다. 울프는 손바닥을 탁탁 느리게 마주치며 사람들의 얼굴을 한 명 한 명 확인했다. 사람들이 조금씩 술렁거렸다. 마른 진흙처럼 따분해 보였던 얼굴들에 푸른 생기가 돌았다. 아이들의 반응이 가장 빨랐다. 아이들은 흥분을 감추지 못하고 제자리에서 팔짝팔짝 뛰었다. 보호자들은 모진 꿀밤으로 흥분을 잡았다. 아이들은 금세 얌전해졌다. 느닷없는 폭행에도 아이들의 얼굴은 밝기만 했다. 울프가 고개를 숙였다. 아이들이 우와 소리를 냈다. 울프는 나뭇더미 위에 놓인 세숫대야에 천천히, 천천히 손을 넣었다. 온도를 확인하듯 조심스럽게 손을 넣었다 뺐다. 같은 동작이 네다섯 번 이어졌다. 이제 울프는 물의 온도에 익숙해졌을 것이다. 드디어 때가 되었다. 울프는 주저 없이 손을 세숫대야에 넣었다. 울프는 서부 사나이의 기질을 발휘해 물이 튀는 것에 신경 쓰지 않으며 거칠게 세수를 했다. 사람들은 고개를 모으고 조그마한 목소리로 이야기를 주고받았다. 울프가 면도용 비누를 집어 들었다. 술렁거림이 증폭되었다. 얼굴에 비누칠을 하는 순간 술렁거림은 경탄으로 바뀌었다. 면도기를 집어 든 순간 경탄은 경악으로 바뀌었다. 울프는 빙긋 웃었다. 군중의 관심을 즐기는 광대로 변신했다. 울프는 면도기를 얼굴에 살짝 댔다가 다시 뗐다. 사람들이 하하하 소리 내어 웃었다. 울프는 같은 동작을 한 번 더 반복했다. 사람들이 또 다시 하하하 소리 내어 웃었다. 하-하-하. 사람들의 웃음을 과장되게 흉내 낸 울프가 힘차게 면도를 시작했다. 사람들은 숨을 멈추었다. 지나가던 개들도 걸음을 멈추었다. 구름도 운행을 멈추었다. 새들도 날갯짓을 멈추었다. 인간과 동물과 자연이 합심해서 만들어 낸 고요를 뚫고 서걱서걱 혹은 쓱쓱 수염이 잘리는 소리가 들렸다. 손톱으로 머릿니를 눌러 죽이는 소리와 비슷했다. 면도기가 움직일 때마다 머릿니 열두 마리가 세상에서 사라졌다. 3, 4분 후 학살이 끝났다. 울프는 면도기에서 면도날을 분리했다. 면도날과 면도기를 정성 들여 씻은 후 보관함에 넣었다. 사람들이 다시 술렁거렸다. 울프는 이번에도 뜸을 들였다. 눈을 크게 뜨고 입을 벌린 얼굴로, 영문을 모르겠다는 심리가 제대로 읽히길 바라는 표정으로 사람들을 쳐다보기 시작한 것이다. 아이들이 제일 먼저 걸려들었다. 빨리, 빨리. 울프는 잘 들리지 않는다는 듯 손바닥을 오므려 귀 가까이 댔다. 평소엔 소처럼 조용하던 사람들이 화를 내듯 목소리를 합쳐서 외쳤다. 빨리, 빨리.

　울프는 빨리, 빨리 하지 않았다. 울프는 사람들의 마음을 가지고 놀았다. 일부러 느릿느릿 세수를 한 것이다. 울프는 흥행사였다. 사람들의 초조함이 절정에 달했을 때 천천히 고개를 들었다. 우와, 탄성이 일었다. 몇몇 사람들은 흥분한 나머지 벌떡 일어나 박수를 쳤다. 다른 몇몇은 쯧쯧 혀를 차며 손가락질을 했다. 전자는 묘기로, 후자는 무례로 받아들인 것이다. 묘기건 무례건 눈을 떼지 못하는 것은 똑같았다. 덥수룩한 수염으로 덮였던 울프의 얼굴은 깨끗했다. 수염이라곤 나 본 적도 없는 열 살 아이의 매끈한 얼굴 같았다. 말 그대로 동안이었다. 울프는 두 팔을 벌려 환호에 응대했다. 손바닥을 이마에 붙이는 거수경례를 하곤 빠르게 돌아섰다. 사람들이 다시 술렁거렸다. 이번의 술렁거림은 분노에 가까웠다. 아이 하나가 벌떡 일어나며 이빨, 하고 외쳤다. 울프는 아무런 반응도 보이지 않았다. 청년이 성난 목소리로 외쳤다. 이빨. 울프는 반응하지 않았다. 노인이 느리고 공손한 목소리로 이빨 보여 주시오, 하고 사정을 했다. 느릿함과 공손함이 울프의 마음을 움직였다. 울프가 재빨리 돌아섰다. 사람들은 으아악 하고 괴성을 질러 댔다. 울프의 손에는 이빨이 들려 있었다. 이빨 여덟 개짜리 틀니였다. 울프는 틀니를 높이 들어 보였다. 사람들이 순식간에 조용해졌다. 울프는 틀니를 입 안에 넣은 후 입을 벌렸다. 이빨이 잘 보이도록 위아래 이빨을 붙이고 입을 활짝 벌렸다. 어찌 저럴 수가, 서양 괴물인가, 하는 소리가 들렸다. 울프는 입을 다물고 고개를 숙였다. 아이 하나가 한 번 더, 를 외쳤다. 조금 전 이빨을 외쳤던 아이였다. 울프가 고개를 들었다. 다시 틀니를 뺐다가 꼈다. 한 번 더 소리가 나왔고 울프는 다시 한 번 틀니를 뺐다가 꼈다. 한 번 더와 틀니 탈착으로 이루어진 기이한 쇼는 한동안 계속되었다. 사람들은 만족을 모르는 애들처럼 한 번 더를 외쳤다. 울프는 훈련받은 병사처럼 반복해서 틀니를 탈착했다. 어느덧 삼십 분이 지났다. 울프는 조금 지쳐 보였다. 내가 나설 차례였다. 나는 사람들 앞으로 나가 쇼의 종료를 알렸다. 이빨을 보여 달라고 사정했던 노인이 일어났다. 노인은 울프를 향해 허리를 깊게 숙여 보인 후 돌아섰다. 노인의 낡은 도포자락이 바람에 흩날렸다. 다른 사람들도 노인과 똑같이 인사하고 돌아섰다. 몇 분 후 문 앞은 텅 비었다. 조금 전까지 문전성시를 이루며 붐볐던 곳이라곤 믿기지 않았다. 아직은 차가운 3월 중순의 북풍만이 어리둥절한 얼굴로 문턱을 뛰어넘었을 뿐이었다. 정적은 오래가지 않을 것이 분명했다. 문을 닫자마자 또 다른 사람들이 구경하러 몰려올 것이었다. 그들은 쇼가 이미 끝났다는 것을 알면서도 자리를 뜨지 않을 것이었다. 끝없는 기다림, 그것 말곤 달리 할 게 없기 때문이었다.

나는 보름 전 서울에서 울프를 처음 만났다. 대부분의 시간 동안 쾌활하거나 침착한 울프로서는 나중에 경험한 바에 따르면 드물게 무척 화가 난 상태였다. 울프는 마구간에 묶인 말과 그 옆에 장승이 되어 서 있는 마부를 손가락으로 번갈아 가리키며 욕을 퍼부었다. 마부는 침착했다. 울프가 뭐라고 떠들건 얼굴 표정 하나 바꾸지 않았다. 가장된 무심함, 나는 그 표정의 의미를 알았다. 네놈이 뭐라 하건 나는 그렇게는 못 하겠다는, 소극적이면서도 적극적인 의사의 표시였다. 울프에게 다가갔다. 영어로 물었다. 도와드릴까요.

머리 하나는 더 큰 울프가 고개를 돌려 나를 보았다. 울프는 회색 베레모를 썼고, 두툼한 트위드 재킷을 걸쳤고, 무릎까지 오는 갈색 부츠에 코듀로이 바지를 넣어서 입었다. 베레모보다 엷은 회색 넥타이는 가슴 절반에도 미치지 못해서 스카프처럼 보였다. 울프는 손가락으로 베레모를 만지면서 내 질문을 다시 확인했다.

"내가 제대로 들었는지 모르겠구나. 도와주겠다고?"

"네, 도와드릴 수 있습니다."

울프는 베레모를 벗어서 손바닥으로 탁탁 쳤다. 먼지가 날렸다. 매캐하고 누린 서양인 냄새가 났다. 나는 피하지 않았다. 무릎에 힘을 주고 버텼다. 모자를 벗은 울프는 잘생긴 사람이었다. 이마는 넓었고, 코는 높았고, 눈매는 부드러웠고, 눈동자는 한여름 나뭇잎처럼 푸르렀다. 눈 안에 녹색 나무가 들어 있는 것 같았다. 울프의 표정이 갑자기 바뀌었다. 화가 사라지고 여유가 찾아왔다. 빙긋 웃은 울프는 오래 알고 지낸 사람처럼 친절하게 사정을 설명했다. 요약하자면 이런 이야기였다. 울프는 이틀 전 서울에 도착했다. 보름 전엔 일본에 있었고, 한 달 전엔 미국에 있었다. 울프가 조선에 온 건 북쪽 지방에서 벌어지고 있는 러일전쟁을 취재하기 위해서였다. 미국에서 곧바로 조선에 올 방법은 없었다. 반드시 일본을 경유해야만 했다. 일본에서 부산까지는 배로 열다섯 시간밖에 걸리지 않았다. 부산에서 제물포까지는 배로 일주일이 걸렸다. 그 여행을 통해 울프는 조선인(그의 표현대로 적자면 원주민)의 게으름과 비효

율적인 일 처리에 치를 떨게 되었다. 조선인 사공은 그 어떤 경우에도 서두르지 않았다. 나루라는 나루에는 다 들렀다. 사람들이 내리고 탄 후에도 곧바로 출발하는 법이 없었다. 긴 담뱃대를 입에 물고는 구경 나온 마을 사람들과 이야기를 나누었으며, 마을 사람들이 떠난 뒤에는 혼자서 하늘을 보며 멍하니 서 있었다. 가끔은 물에 손을 넣고 장난을 즐기기도 했다. 그런 일이 몇 차례 더 반복되었다. 원주민의 문화를 존중하려 마음먹었던 울프는 어느 순간 인내를 잃었다. 울프는 마법의 단어라고 들었던 빨리, 빨리와 어서, 어서를 함께 외치고 말았다. 발음 탓일까, 주문은 별다른 효과를 보지 못했다. 사공이 울프의 말을 이해한 것 같기는 했다. 그는 울프를 보며 느리게 고개를 끄덕였다. 그럼에도 자신의 행동을 개선하지는 않았다. 사공의 환담과 명상과 놀이는 이후에도 계속되었다. 울프는 주먹으로 사공의 머리를 때리고 싶은 유혹을 참느라 적잖게 고생했다는 말을 덧붙였다. 조선이라는 낯선 나라의 분위기를 익히기 위해 일본 배 대신 조선 배를 탄 걸 후회하고 또 후회했다는 말도 덧붙였다. 울프와 조선인의 악연은 그것으로 끝이 아니었다. 울프는 제물포에서 기차를 타고 서울역에 도착했다. 미국인이 운영하는 호텔에서 하룻밤을 묵었다. 미국식 서비스로 조선에서 얻은 피로를 풀었다. 미국의 위대성을 호텔에서야 비로소 깨달았다고 울프는 살짝 웃으며 말했다. 울프는 다음 날부터 북쪽으로 가기 위한 준비에 돌입했다. 가장 시급한 건 통역, 그리고 말과 마부였다. 일본인 통역은 쉽게 구했다. 호텔 주인인 A씨가 적극적으로 도와주었기 때문이다. A씨는 조선인 통역을 구하려면 시간이 조금 더 필요하다고 했다. 조선인 통역은 할 일이 많다는 것이었다. 말을 전달하는 것뿐만 아니라 마부나 하인들에게 명령을 내려야 하고 필요한 물품도 조달해야 하고 울프의 시중도 들어야 하는 등 업무가 많고 복잡하기 때문에 아무나 추천할 수는 없다고 했다. 울프는 조선인 통역을 기다리면서 말과 마부를 먼저 구했다. 울프는 미국의 서부에서 나고 자랐지만 카우보이는 아니었다. 말을 타고 여행해 본 경험은 한 번도 없었다. 새로 구입한 호주산 말을 마부의 도움을 받아 타 보기로 했다. 출발한 지 얼마 되지 않아 문제가 생겼다. 말이 자꾸 비틀거렸다. 걷다가 갑자기 멈추기를 반복했다. 다리가 아픈 게 틀림없었다. 울프는 마부에게 말의 다리를 가리키며 손짓을 했다. 마부는 아무런 반응도 보이지 않았다. 울프는 손짓에 발짓까지 더했다. 눈치 없는 마부는 울프와 말을 호텔로 인도했을 뿐이었다. 호텔에서도 상황은 바뀌지 않았다. 울프는 마부가 말의 다리 상태를 점검해 주기를 원했다. 마부라는 이름에 어울리는 행동을 해 주기를 원했다. 마부는 울프의 마음대로 움직이지 않았다. 장승처럼 서 있기만 했다. 마부라기보다는 천치 같았다. 나를 본 후부터 기분이 풀린 울프는 웃음으로 마지막 말을 마무리했다.

"아무래도 뒷다리의 편자가 깨진 것 같아. 내가 내린 진단이 맞는지를 확인하려면 뒷다리를 봐야 할 테고."

대장장이를 찾아가면 될 일이었다. 울프의 생각은 달랐다. 울프는 마부가 직접 뒷다리를 확인하기 원했다. 울프의 주장에는 이유가 있었다. 길이라고 부르기도 민망한 조선의 열악한 도로 사정을 감안하면 여행 중 말이 말썽을 부릴 가능성이 꽤 높다. 서울에서야 어떻게든 문제를 해결할 수 있겠지만 인가도 별로 없는 곳에서 돌발 상황이 생기면 곤란하다. 그러므로 마부가 간단한 응급처치 정도는 할 줄 알아야 하는 것이다.

나는 마부에게로 가서 울프의 뜻을 전했다. 마부는 인상을 쓰며 고개를 저었다. 자기 소유의 말도 아닌데 무작정 달려들어 뒷다리를 들게 할 수는 없다는 것이었다. 그랬다간 놈의 뒷다리에 채어 얼굴이 남아나지 않을 거라고 했다. 자기는 말을 이끌려고 온 것이지 몇 푼 되지도 않는 일에 목숨을 버리기 위해 온 것이 아니라고 했다. 울프의 말에도 일리가 있었고, 마부의 말에도 일리가 있었다. 마부의 말을 전하기도 전에 울프가 다가왔다. 표정으로 대화 내용을 파악한 것 같았다. 울프는 소매를 걷으며 말했다.

"조선인이라는 족속들은 도대체 일을 하려고 하지 않아. 간단한 명령 하나에도 어쩔 줄 몰라 허둥대다가 서너 시간을 그냥 허비하지."

"제가 한 번 보겠습니다."

생각해 본 적도 없는 문장이 내 입에서 나왔다. 울프가 다시 베레모를 만졌다. 베레모를 만지면서 내 얼굴을 보았다. 울프는 빙긋 웃곤 고개를 끄덕였다. 나는 말의 엉덩이를 보며 쭈그려 앉았다. 말이 풍기는 냄새와 내가 처한 상황에 머리가 멍했다. 입술을 깨물었다. 울프처럼 소매부터 걷었다. 말의 뒷다리를 노려보다가 왼 다리를 재빨리 잡았다. 말은 나보다 더 빨랐다. 나는 뒷발질에 채어 뒤로 나가떨어졌다. 순간적으로 몸을 뒤로 젖힌 덕분에 가슴을 세게 맞지는 않았다. 울프가 다가와 괜찮으냐고 물었다. 머리가 어지러웠다. 나는 웃었다. 고개를 끄덕였다. 지켜보기만 하던 마부는 말의 성질이 고약하니 눕히는 게 낫다고 했다. 나는 마부의 조언을 무시했다. 대신 작전을 바꾸었다. 말의 머리를 쓰다듬고 갈기를 쓸어 주며 속삭였다.

"바닥에 패대기치기 전에 가만히 있어라, 응?"

말은 대답 대신 콧김을 훅 내뿜었다. 썩은 건초 냄새가 났다. 나는 등을 툭툭 친 후 다시 뒷다리로 향했다. 배에 힘을 주고 다시 왼 다리를 잡았다. 뒷발질이 날아왔다. 이미 예견했던 일이었다. 나는 고개를 돌려 피한 뒤 다리를 잡은 손에 힘을 주고 편자를 확인했다. 아무 이상도 없었다. 곧바로 오른 다리를 잡았다. 편자가 절반 이상 깨져 나가고 없었다. 말이 부르르 떠는 것이 느껴졌다. 제대로 짚은 것이었다. 재빨리 오른 다리를 놓고 말에서 떨어졌다. 나는 울프에게 조사 결과를 보고했다.

"오른쪽 편자가 깨졌습니다."

울프는 나를 위아래로 훑었다. 빌려 입은 와이셔츠와 넥타이, 그리고 배자를 잘라 만든 조끼가 어떻게 보일지 걱정이 되었다. 울프는 서양과 조선을 절충한 내 기묘한 복장에 대해서는 아무 말도 하지 않았다. 오른손을 내밀며 자기소개를 했을 뿐이다.

"반갑다. 난 잭 런던이라고 한다. 울프라고 불러 주면 좋겠다."

울프의 손을 잡고 흔들며 내 소개를 했다.

"반갑습니다. 내 이름은 만영입니다."

"나이는?"

"스무 살입니다."

"영어는 어디에서 배웠나?"

"배재학당을 졸업했습니다."

"영어가 훌륭한 걸 보니 배재학당은 좋은 학교인가 보군."

"네, 좋은 학교입니다."

울프는 선교사들처럼 세세하게 캐묻지는 않았다. 질문 몇 개를 마치고는 곧바로 내게 일을 제안했다. 조선인 통역이 되어 자신과 함께 북쪽에 다녀오면 17달러를 주겠다고 했다. 기대했던 것보다 훨씬 후한 금액이었다. 나는 18달러를 요구했다. 울프는 잠깐 생각한 후 좋다고 했다. 울프가 번복할까 싶어 서둘러 오케이를 외쳤다. 외치고 난 후에야 민망함이 찾아왔다. 울프는 나를 보며 베레모를 벗었다 다시 썼다. 그 사이 내 별명이 탄생했다. 만영이라는 이름의 발음이 어려우니 '영 보이'가 어떻겠느냐는 것이었다.

그 또한 오케이였다. 나는 통역이자 보이였다. 만영이라는 이름을 고수할 이유는 없었다. 나는 안도의 한숨을 조용히 내쉬었다. 잠시 외출했던 호텔 주인 A씨가 나타났다. 고개 숙여 인사를 했다. 울프가 놀라서 물었다.

"영 보이, A씨를 알고 있나?"

고개를 끄덕였다. 이번엔 A씨가 놀라서 물었다.

"잭 런던 씨를 벌써 만났나?"

고개를 끄덕였다. A씨가 웃으며 울프에게 말했다.

"안 그래도 만영을 추천하면 어떨까 고민하고 있었는데 벌써 만났군요."

"네, 이미 계약까지 다 마쳤습니다."

"만영은 영어를 무척 잘합니다. 머리도 굉장히 좋고 조선인 치곤 무척 부지런합니다. 전에 사소한 잘못을… 저지르긴 했지만 지금은 괜찮습니다. 다 괜찮아졌습니다. 만영은 잘할 것입니다. 나는 믿습니다. 그렇지, 만영?"

중언부언이 더 이어지기 전에 재빨리 고개를 끄덕였다. 곁눈질로 울프의 반응을 확인했다. 울프는 아무 말도 못 들은 사람처럼 빙긋 웃기만 했다.


울프는 그날 밤 황성기독교청년회(YMCA)에서 열린 낭독회에 나를 초대했다. 모인 사람들의 대부분이 양복을 갖춰 입은 서양 사람들이었다. 조선인은 나 말고 서너 명밖에 없었다. 그들도 제대로 된 양복을 입고 있었다. 보이 차림으로 온 것이 후회되었다. 갖고 있는 서양풍 옷이 없었기에 사실은 무의미한 후회였다. 잔뜩 주눅이 든 나는 이목이 덜 쏠리는 맨 뒷자리를 골라 앉았다. 사람들이 나의 존재를 잊어 줬으면 하는 마음이었다. 기대는 무산되었다. 울프가 무대에 오르기 직전 A씨가 도착했다. A씨는 안면이 있는 사람들과 인사를 나눈 후 내 옆자리에 앉았다. A씨는 악수를 하며 내 등을 살짝 쳤다. 반가움에서 나온 행동이었을 것이다. 내가 느낀 감정은 짜증 반 두려움 반에 더 가까웠다. 사람들의 박수를 받으며 울프가 등장했다. 무대에 놓인 철제 의자에 앉은 울프는 탁자에 놓여 있던 책을 들어 보였다. 《Call of the Wild》란 제목의 책이었다. 제목 아래에는 커다란 개로 보이는 동물이 주위 배경과 구분이 되지 않은 채로 그려져 있었다. 그림 아래에 울프의 이름, 잭 런던(Jack London)이 적혀 있었다. 사람들이 다시 한 번 박수를 쳤다. 이번에는 환호성도 나왔다. 나도 따라서 박수를 쳤다. 소리는 지르지 않았다. 울프가 책을 펼쳤다. 장내가 조용해졌다. 울프의 목소리가 공간을 채웠다. 낭독회(Public reading)는 말 그대로 글을 사람들 앞에서 소리 내어 읽는 것이었다. 울프가 읽은 건 책의 마지막 부분, 벅이라는 이름의 개가 늑대 무리와 싸우는 장면이었다. 귀를 기울여 들었다. 잘 이해가 되지는 않았다. 짧은 영어 실력이 가장 큰 이유일 것이다. 그러나 벅이라는 이름의 개가 늑대 무리와 맞서 싸우는 장면은 그대로 받아들이기엔 비현실적이었다. 벅이 늑대들을 물리치고 승리한 것, 싸움을 끝낸 후에 늑대 무리의 새로운 형제가 되었다는 결말 또한 납득하기 어려웠다. 벅은 개라기보다는 진화한 인간 같았다. 사람들의 생각은 나와 달랐다. 사람들은 일어나서 휘파람을 불고 소리를 지르고 박수를 쳤다. 개와 늑대가 싸우는 이야기의 무엇이 이들을 흥분하게 만들었는지 나는 알 수가 없었다. 낭독회에서 얻은 소득이 하나 있기는 했다. 잭이 자신을 울프라고 불러 달라고 말한 데에는 이 책의 영향이 있지 않을까 하는 생각을 하게 되었다. 어디까지나 나의 추측이었다. 확신이라고 표현하기엔 나는 울프를 잘 몰랐다. 낭독회를 마친 울프는 사람들과 인사를 나누었다. 몇몇 이들과는 사진을 찍기도 했다. 그 중엔 A씨도 있었다. 나는 자리에 앉아 기다렸다. 내겐 어울리지 않는 자리였다. 내가 바라던 대로 되기는 했다. A씨 이외의 사람들은 내게 아무런 관심도 보이지 않았다. 나는 원주민이자 유령이었다. 행사도 끝났으니 나가고 싶었다. 그렇지만 나를 부른 건 울프였다. 고용주인 울프가 나를 초대했다. 그의 허락 없이 떠나는 건 옳지 않았다. 울프와 사진을 찍은 A씨가 자리로 돌아왔다. A씨가 내게 속삭였다.

"네 잘못에 대해서는 이야기하지 않았다. 대신 망치지 말고 잘해야 한다. 괜히 내 명성에 흠이 될 행동을 하지는 말고. 알겠지?"

A씨에게 명성이 있었나? 'Notorious'라는 단어가 떠올랐다. 악

명도 명성이라면 명성이었다. 머릿속 생각일 뿐이었다. 나는 A씨를 자극하고 싶지 않았다. 내 입에서 땡큐가 나왔다. A씨는 나를 위아래로 훑은 후 말했다.

"그렇게 입으니 정말 보이 같구나. 사고치지 않고 돌아오면 널 정식으로 고용하는 것도 생각해보마."

A씨는 호텔에 가봐야 한다며 먼저 사라졌다. A씨가 나간 후 얼마 안 되어 울프가 내게 다가왔다. 울프는 낭독회가 어땠느냐고 물었다. 좋았다고 대답했다. 울프가 어떤 면이 좋았느냐고 물었다면 곤란했을 것이다. 울프는 무대 앞에서 대화를 나누는 서양인 중 한 사람을 가리키며 말했다.

"저 분이 배재학당의 교장인 건 알고 있겠지? 가서 인사해야 하지 않을까?"

A씨의 소행이라 추측했다. A씨는 내 잘못을 숨기는 대신 내 신상을 알려주었을 것이다. 머리를 굴렸다. 발뺌하는 것은 올바른 판단이 못 되었다. 나는 신속하게 내 잘못을 인정했다.

"죄송합니다. 배재학당을 다니지는 않았습니다."

울프의 커다란 눈이 더 커졌다. 울프는 베레모를 만지는 시늉을 했다. 그러나 울프의 머리에 베레모는 없었다. 울프가 웃으며 말했다.

"영 보이, 난 신부가 아니야. 나한테 죄를 고백할 필요는 없어. 그리고 저 사람은 배재학당 교장이 아니라 내 동료 기자야."

얼굴이 화끈거렸다. 상대의 노림수에 덜컥 걸려든 셈이었다. 나는 아무렇지 않은 척했다. 울프처럼 빙긋 웃었다. 울프는 웃지 않았다. 기도하듯 깍지를 끼고 진지하게 물었다.

"스무 살이라고 했지? 그건 맞아?"

"열일곱 살입니다."

A씨가 알고 있는 내 나이였다.

"왜 나이를 속였지?"

"아이 취급받고 싶지 않았습니다."

울프는 눈을 가늘게 뜨고 나를 보았다. 울프는 나를 채용하기 전에 질문 몇 개만을 던졌다. 그런데 나는 그중에 두 가지를 사실대로 대답하지 않은 것이었다. 해고 통지가 날아올 것이 분명했다. 내가 자초한 일이었다. 조금 더 능숙하게 행동했어야 했다. 나는 고개를 숙였다. 선고를 기다렸다. 울프가 말했다.

"영 보이, 사람들이 왜 내게 박수 치고 환호하는지 알아?"

"훌륭한 분이어서요?"

내 대답에 울프는 너털웃음을 터뜨렸다. 울프가 말했다.

"내게 힘이 있기 때문이야."

알쏭달쏭한 대답이었다. 힘이라니? 나는 그의 대답을 단번에 이해할 정도로 울프를 잘 알지는 못했다. 울프가 말했다.

"영 보이, 너의 나이가 몇 살이건, 어느 학교를 나왔건 나는 조금도 신경 쓰지 않는다. 내가 널 택한 건 네가 나에게 도움이 되기 때문이다. 다른 조선인들이 갖고 있지 못한 힘을 너는 약간이나마 갖고 있다고 여겼기 때문이다. 알겠나?"

해고 통지가 아니었다. 곧바로 알겠다고 대답했다. 서양인들이 손을 들어 울프를 불렀다. 울프는 가려다 말고 내게 검지를 들어 흔들었다.

"하마터면 잊을 뻔했네. 내게 한 거짓말이 들통났으니 그냥 넘어갈 수는 없지. 고용 조건을 좀 바꿔야겠다. 18달러를 다 줄 수는 없어."

나는 잠자코 울프의 처분을 기다렸다. 울프는 원래대로 17달러를 제안했고 나는 땡큐로 받아들였다. 울프는 나와 악수를 나눈 후 결론을 내렸다.

"이제부터 우리는 한 팀이야. 알겠나?"

우리는 한 팀이다. 태어나서 처음으로 들어보는 그 말의 의미를 생각하는 사이 울프는 서양인들에게로 돌아갔다.


나와 울프는 한 팀이 되어 서울을 떠났다. 평양에 도착하는 데에는 별 문제가 없었다. 보발재에는 간신히 이르렀다. 순안에서는 여행을 멈추어야 했다. 순안을 점령하고 있는 일본군 중대장 데시마 대위는 전방으로 가는 것을 허락하지 않았다. 데시마 대위는 두 가지 방안을 제시했다. 순안에 머무르는 것과 평양, 혹은 서울로 돌아가는 것. 다른 기자들은 후자를 택했고 울프는 전자를 택했다.

우리는 순안에서 숙소를 구해 머물렀다. 숙소는 널려 있었다. 순안 사람들이 집을 버리고 산속으로 피난을 가 버렸기 때문이었다. 전쟁이 일어나기 전 순안에는 5000명가량의 사람들이 살았다. 전쟁이 터지자 마을은 순식간에 유령의 거주 공간이 되었다. 몇 년 전 일본과 청나라가 벌인 전쟁에서 마을 사람들은 큰 피해를 입었다. 피난은 그 전쟁으로 얻은 유일한 교훈이었다. 마을에 남은 이들은 군수, 그리고 군수를 도와 일하는 관원 몇몇과 일본군을 시중드는 이들이 전부였다. 우리는 큰길에 자리한 빈집을 골라 숙소로 삼았다. 마을 외곽엔 더 쾌적하고 넓은 집도 있었다. 울프의 선택은 바뀌지 않았다.

"큰길을 지키고 있어야 전쟁의 동향을 파악할 수 있어. 게다가 이 집엔 문도 있고 창문도 있잖아."

울프의 말대로였다. 의주를 지나 만주를 거쳐 북경까지 이어지는 6미터 폭의 큰길에는 북쪽으로 가는 일본군 행렬이 수시로 모습을 보였다. 서울 쪽 방향도 붐비기는 마찬가지였다. 교대를 위해 내려오는 일본군과 북쪽에서 피난을 떠나온 사람들, 그리고 구경 나온 마을 사람들까지 더해져 아수라장을 이루었다. 내 글에 혼란을 느낄 수도 있겠다. 불과 몇 줄 위에서 나는 '마을은 유령의 거주 공간이 되었다'고 썼다. 그런데 지금은 마을 사람들이 큰길에 잔뜩 모여 있는 것처럼 썼다. 두 가지 다 맞다. 순안 사람들은 지난 전쟁의 아픔을 떠올리며 산으로 피난을 떠났다. 식량은 물론 이불과 옷, 세숫대야나 바가지, 그릇과 항아리 같은 물건들, 심지어는 문과 창문까지 다 짊어지고 산으로 숨어들었다. 마을 사람들은 동면한 뱀처럼 몸을 웅크리고 산에 처박혔다. 사람들은 산의 일부가 되었다. 마을은 유령의 거주 공간이 되었다. 며칠 후 서너 명의 청년들이 마을로 슬그머니 내려왔다. 두 가지 목적이 있었다. 미처 챙기지 못한 물건들을 챙기는 것, 마을의 동태를 파악하는 것. 그들의 눈에 일본군이 점령한 순안은 적어도 낮 동안 만큼은 안전해 보였다. 청년들의 의견은 모두에게 전해졌다. 다음 날부터 구경이 시작되었다. 날이 밝으면 산에서 내려와 온종일 구경하다 해가 지면 다시 산으로 들어가는 식이었다. 사람들이 가장 구경하고 싶어 하는 건 울프와 같은 서양인이었다. 이것이 바로 울프가 아침마다 쇼를 벌인 이유였다. 울프는 쇼를 마친 후 농담을 하곤 했다.

"입장료를 받으면 난 금방 부자가 될 거야."

마을 사람들이 입장료를 내지 않았다고 말하기는 어렵다. 얻어먹는 것이 있으면 뜯기는 것도 있는 법이다. 이를테면 다음과 같은 일들.

오후의 무료한 시간을 견디기 힘들어지면 울프는 사진기를 목에 걸고 힘차게 문을 열었다. 문 앞에 모여 있던 사람들이 썰물처럼 멀어졌다. 잠시 후 사람들은 밀물이 되어 몰려들었다. 원위치를 되찾지는 못했다. 그들은 길 건너편까지만 와서 울프를 보았다. 이

제 내 차례였다. 길을 건너 사람들에게 다가갔다. 사람들이 움찔했다. 긴장이 느껴졌다. 그러나 사람들은 나를 피하지는 않았다. 그들과 같은 조선인이기 때문이었다. 나는 이 사람, 저 사람을 살폈다. 한 소년 앞에서 걸음을 멈추었다. 열 살 정도로 보이는 소년은 상투를 틀었다. 이미 결혼을 했다는 뜻이었다. 구경 나왔던 소년은 뜻밖의 위기를 맞이했다. 불행을 직감한 소년은 울상을 지으며 한 걸음 뒤로 물러났다. 손을 댔다간 곧바로 울음을 터뜨릴 분위기였다. 소년이 우는 건 싫었다. 그럼에도 소년을 포기할 수는 없었다. 나는 울프가 어떤 종류의 피사체를 원하는지 잘 알고 있었다. '원주민'에게서나 볼 수 있는 열 살짜리 신랑은 더할 나위 없이 훌륭한 소재였다. 나는 소년을 지나쳤다. 소년이 안심하기를 기다렸다. 소년이 크게 한숨을 쉬었다. 나는 발걸음을 휙 돌려 소년의 목덜미를 잡아끌었다. 소년이 비명과 울음을 한꺼번에 터뜨렸다. 다른 이들은 환호성을 터뜨렸다. 자신이 선택되지 않는 한 사진 촬영 감상은 크나큰 구경거리였다. 울프가 사진 찍을 준비를 하는 동안 나는 소년의 몸을 꼭 잡고 있어야 했다. 소년은 좀처럼 울음을 멈추지 않았다. 발버둥까지 쳤다. 소년의 귀에 입과 주먹을 대고 으름장을 놓았다. 소년은 더 이상 저항하지 않았다. 현명한 판단이었다. 소년은 결코 나를 이길 수 없었다. 나는 울프에게 손가락으로 오케이 사인을 보내고 옆으로 물러났다. 이제 소년은 무기력해졌다. 울프의 지시대로 고분고분하게 움직였다. 그래도 눈물은 여전히 흘렸다. 때와 섞여 흐르는 검고 지저분한 눈물이었다. 소년 다음으로 선택한 피사체는 갓을 쓴 노인이었다. 자신에게로 다가오는 나를 보고도 노인은 전혀 경계하지 않았다. 노인은 확신했을 것이다. 복장과 하는 일로 보아 상것 중의 상것임에 분명한 내가 양반인 자신에게 손을 대지는 못하리라고. 노인의 생각은 틀렸다. 나는 울프가 원하는 일을 할 뿐이었다. 노인의 소매를 세게 잡아끌었다. 노인은 저항도 하지 않고 끌려나왔다. 사람들의 반응은 소년 때와는 달랐다. 흥미로운 표정은 변함이 없었다. 환호성을 지르는 사람도 없었다. 나는 울프에게 노인을 '노는 양반'이라고 소개했다. 열 살 신랑과 노는 양반을 찍은 울프는 여태껏 찍어 본 적이 없는 새로운 피사체를 원했다. 나는 피난민들을 관찰했다. 이불로 감싼 아이를 업고 가는 남자가 눈에 띄었다. 내가 어떠냐고 묻자 울프는 좋다고 했다. 나는 설명도 하지 않고 남자를 끌고 왔다. 울프는 아이의 모습이 궁금했던지 직접 이불을 들추었다. 얼굴이 온통 딱지로 덮인 아이가 나타났다. 아이는 천연두에 걸려 있었다. 사람들이 소리도 지르지 않고 꽁무니를 뺐다. 울프와 나도 기겁해서 집 안으로 뛰어 들어갔다. 나는 천연두 귀신이 들어오지 못하도록 문을 잠가 버렸다. 나무아미타불과 물럿거라를 섞은 엉터리 주문을 외웠다. 돌아서니 울프가 베레모로 얼굴을 부치고 있었다. 울프는 베레모를 쓰며 말했다.

"영 보이, 조금 위험했지? 그래도 좋은 시도였어. 아무것도 안

하는 것보다는 뭐라도 하는 게 좋아. 하-하-하, 우린 꽤 좋은 팀이야."

울프의 말대로 우린 꽤 좋은 팀이었다. 원주민인 나는 나의 허물을 책망하지 않고 받아들여 준 서양인 울프를 위해서라면 무엇이든 할 준비가 되어 있었다.

# 2. 힘이라는 것

1904. 3. 20. 10:45

　울프는 데시마 대위를 만나러 가기로 했다. 데시마 대위는 울프
가 그날 만난 첫 번째 일본군으로 기록되지는 못할 것이다. 울프는
데시마 대위의 숙소 겸 사무실과는 반대 방향으로 말을 몰았다. 질
주는 짧았다. 말을 타고 달린 지 5분도 못 되어 두 명의 일본군이
보였다. 순안의 북쪽 경계를 지키고 있는 보초들이었다. 울프는 말
에서 내렸다. 아무 말도 하지 않고 보초1에게 통행증을 내밀었다.
보초1은 통행증을 살펴본 후 보초2에게 넘겼다. 보초2는 통행증
을 살펴본 후 울프에게 돌려주었다. 다시 말에 올라탄 울프는 그대
로 보초들을 지나치려 했다. 산책 나온 사람처럼 여유로운 표정으
로. 늘 그랬던 것처럼 당당한 표정으로. 보초들은 당황했지만 자신

들의 책무를 잊지는 않았다. 두 손을 크게 저으며 울프의 앞을 가로막았다. 그들은 어색한 웃음을 지었다. 자신들이 아는 유일한 영어 단어를 사죄하듯 조심스럽게 말했다.

"쏘리."

울프가 활짝 웃는 얼굴로 대꾸했다.

"지나가도 별일 없을 것 같은데. 가까운 곳에서 전투가 벌어지는 것도 아니고."

보초1은 고개를 살짝 저었다. 보초2는 눈을 빠르게 깜빡거렸다. 대화는 불가능했다. 그들이 아는 단어가 쏘리 하나뿐이라는 사실은 조금도 바뀌지 않았다. 울프는 얼굴을 살짝 찡그리고 하늘을 보았다. 명령이 떨어졌다.

"영 보이, 어떻게 좀 해 봐."

나는 조랑말에서 내렸다. 보초들 앞으로 다가갔다. 무엇을 어떻게 하면 좋을지 전혀 떠오르지 않았다. 방법이 떠올랐다고 해도 문제였다. 전달할 길이 없었다. 나는 일본어를 몰랐고 보초들은 조선어를 몰랐다. 이 사태를 해결할 완벽한 수단이 있기는 했다. 울프에게는 일본인 통역이 있었다. 그렇다면 다음과 같은 당연한 질문에 이르게 된다. 울프는 왜 일본인 통역을 대동하고 오지 않았을까? 그 답은 울프도, 나도 이미 알고 있었다. 일본인 통역이 왔어도 통과는 불가능했기 때문이었다. 일본인 통역이 따라왔다면 보초들에게 다가가는 것조차도 불가능했을 것이다. 순안의 북쪽 경계가 보이기 시작한 지점부터 얼굴 가득 불안을 드러냈을 것이다. 어서 돌아가야 한다고 부탁인지 애원인지 협박인지 헷갈리는 말투로 반복해서 이야기했을 것이다. 울프는 일본인 통역의 애매하면서도 확고한 만류를 듣고 싶어 하지 않았다. 울프는 출발하기 전에 일본인 통역을 미리 데시마 대위의 숙소 겸 사무실로 보내 버렸다. 나는 보초1과 보초2를 번갈아 보았다. 내가 아는 몇 안 되는 일본어 단어 중 하나를 조선어와 함께 구사했다.

"통과 구다사이."

작전은 먹히지 않았다. 울프에게 비굴한 표정을 지었던 보초1은 웃지도 않았다. 보초2는 나를 노려보며 쥐고 있던 소총에 힘을 주었다. 엄포가 아니었다. 내가 그들을 통과한다면 총알은 내 등에 북두칠성을 새길 것이었다. 나는 별을 원치 않았다. 도움을 요청하듯 울프를 보았다. 울프는 심드렁한 얼굴로 짧게 한 마디를 했을 뿐이다.

"데시마에게 가자."

데시마의 숙소 겸 사무실로 가는 동안 울프는 시모노세키에서 배를 탄 이야기를 들려주었다. 미국에서 배를 타고 요코하마에 도착한 울프는 고베를 거쳐 나가사키를 거쳐 시모노세키에 도착했다. 고베와 나가사키에서는 구할 수 없었던 조선행 표가 시모노세키에는 남아 있었다. 고생한 보람이 있었던 것이다. 울프가 몰랐던 사실이 있었다. 표를 사는 것과 배를 타는 것은 별개의 문제였다.

배를 타기 한 시간 전 검은 제복을 입은 일본인 남자가 울프의 앞에 나타났다. 남자는 미안한 듯 웃으며 손으로 인근의 건물을 가리켰다. 남자는 선해 보였다. 건물은 깔끔했다. 울프는 함께 차나 한잔 하자는 뜻으로 해석했다. 착각이었다. 울프는 제 발로 경찰서에 들어간 것이었다. 울프가 정해진 자리에 앉자 미리 준비라도 하고 있었던 것처럼 일본인 통역이 나타났다. 통역은 죄송하지만 경찰들이 몇 가지 질문을 하고 싶어 한다고 말했다. 통역 또한 선해 보였다. 울프의 귀중한 시간을 예고도 없이 갑작스레 빼앗게 된 것에 대해 진심으로 미안하게 여기는 것 같았다. 울프는 여권, 배표, 기자증, 통행증, 사진들, 심지어 지갑까지 보여 주었다. 그 정도면 자신이 받고 있는 혐의는 충분히 풀리리라 여겼다. 무슨 혐의를 받고 있는지는 오리무중이었지만. 통역은 다시 한 번 죄송하다고 말했다. 울프가 보여 준 것들을 가지고 자리를 떠났다. 잠시 후 통역은 검은 제복을 입은 남자와 함께 나타났다. 울프를 경찰서로 이끈 남자와는 다른 사람이었다. 울프의 건너편에 앉은 제복은 무슨 일을 하느냐고 물었다. 제복 앞에는 울프가 건넸던 물건들이 있었다. 그중엔 기자증도 있었다. 울프는 기자증을 가리키며 기자라고 대답했다. 제복은 고베에 들른 이유가 무엇이냐고 물었다. 조선으로 가는 배를 타기 위해서 방문했으나 배표를 구하지 못했다고 대답했다. 제복은 나가사키에 들른 이유가 무엇이냐고 물었다. 울프는 조금 전과 똑같은 대답을 했다. 제복은 손가락으로 책상을 톡톡 두드렸다. 제복은 시모노세키로 곧장 오지 않고 일본 내 여러 도시를 들렀다 온 이유를 모르겠다고 말했다. 울프는 어안이 벙벙했다. 통역에 실수가 있었다고 해석했다. 울프는 조금 전과 똑같은 대답을 했다. 제복은 자리에서 일어났다. 뒤에서 지켜보던 다른 제복과 귓속말을 했다. 그러는 동안 통역은 울프에게 고개 숙여 사과했다. 울프는 회중시계를 꺼내 시간을 확인했다. 출항 시간이 임박해 있었다. 울프는 문제가 간단하지 않다고 느꼈다. 통역에게 자신이 심문을 받는 이유를 물었다. 통역은 이유를 설명하지 않았다. 그저 죄송하게 되었다고만 했다. 울프는 배를 타야 한다고 말했다. 통역은 죄송하게 되었다는 말을 반복했다. 잠시 후 제복이 다시 자리에 앉았다. 제복은 질문의 주제를 바꾸었다. 울프의 고향은 어디며, 부모는 어떤 사람이며, 친척들은 몇 명이나 있느냐고 물었다. 울프는 웃고 싶었다. 그런 것들이 왜 궁금한지 묻고 싶었다. 그러나 제복의 얼굴은 심각했다. 반문은 제복을 자극할 수도 있었다. 그래서 사실대로 대답했다. 제복은 울프의 대답을 꼼꼼히 적었다. 질문을 마친 후에는 자신이 적은 것을 들여다보았다. 한참 본 후에는 고개를 갸웃하고는 조선에는 왜 가려 하는지 물었다. 울프는 사실대로 말하기가 두려웠다. 그래서 여행을 위해서라고 대답했다. 제복은 조선엔 볼 것이 아무것도 없다고 말했다. 울프는 빙긋 웃었다. 제복은 지금은 전쟁 중이라 위험할 수도 있다고 말했다. 그것 때문에 가려 한다고 말할 수 없었다. 울프는 빙긋 웃었다. 제복은 사진에 대해서도 물었다. 거리에서 놀고 있는 아이들은 왜 찍었느냐는 질문이었다. 울프는 아이들이 귀여워서라고 대답했다. 창밖으로 배가 떠나는 것이 보였다. 그러나 울프는 왜 아이들이 귀여운가, 라고 물을까 봐 더 두려웠다. 제복은 사진은 원해서 찍은 거냐고 물었다. 질문의 의도를 알 수 없었던 울프는 빙긋 웃으려다 원해서 찍은 것이라고 대답했다. 제복은 자리에서 일어나 다른 제복과 귓속말을 했다. 그러는 사이 통역은 울프에게 고개 숙여 사과했다. 잠시 후 자리로 돌아온 제복은 오늘은 이것으로 끝이라고 했다. 본의 아니게 시간을 빼앗아서 죄송하다고 했다. 하지만 질문이 아직 남아 있으니 못 다 한 질문은 다음 날 계속하겠다고 했다. 다음 날, 그 다음 날의 질문은 첫날의 질문과 똑같았다. 울프는 출구 없는 미궁에 빠진 느낌이 들었다. 영원히 일본에 머무르게 될 것 같은 불길한 예감에 시달렸다. 울프의 예감은 적중하지 않았다. 심문은 3일로 끝이 났다. 울프의 진을 다 빼놓은 제복은 질문이 더 남아 있기는 하나 울프의 특별한 사정을 감안하여 그만하겠다고 했다. 그러면서 울프가 내내 기다리던 말, 배에 타도 좋다는 말을 했다. 3일 동안 그를 괴롭혔던 제복은 친절하게도 건물 앞까지 나와 울프를 배웅했다. 그는 정중한 목소리로 좋은 여행이 되기 바란다고 말했다.

나는 울프에게 화가 났느냐고 물었다. 울프는 고개를 저었다.

"그들은 자기 할 일을 했을 뿐이야. 그들은 처음부터 끝까지 예의를 갖춰 나를 대했어. 그러면서도 내게 자신들이 알리기 원하는 사실을 정확히 각인시켰지. 우리는 늘 너를 지켜보고 있으니 엉뚱한 짓은 하지 않는 게 좋을 거다. 요약하자면 날카로우면서도 예의 바른 심문자들이었지. 경찰서를 나오면서 이렇게 생각했지. 어쩌면 이 전쟁의 승자는 일본이 될 수도 있겠구나. 일본이 노리는 건 단순히 이 전쟁에서 이기는 것만은 아니겠구나. 배에 오른 뒤 나는 노트를 펼쳐서 연필로 메모를 했어. 일본은 비록 열등한 황인종 국가지만 전쟁에 승리할 만한 힘을 갖추고 있다.”

데시마 대위는 혼자가 아니었다. 데시마의 양옆에는 조선인들이 앉아 있었다. 우리가 들어오자 데시마는 자리에서 일어났다. 조선인들도 따라서 일어났다. 조선인들이 나를 보았다. 나는 그들의 눈길을 피했다. 데시마가 조선인들에게 목례를 했다. 조선인들은 허리를 깊게 숙여 보인 후 밖으로 나갔다. 그들은 울프에겐 전혀 눈길을 주지 않았다. 울프가 대기하고 있던 일본인 통역을 통해 어떤 사람들이냐고 물었다. 데지마는 순안 군수와 관원들이라고 대답했다. 그 말에 나는 조선인들이 나간 방향을 보았다. 조선인들은 이미 사라진 지 오래였다. 데시마는 울프에게 미안해 죽겠다는 표정을 지으며 말했다.

“베리 쏘리.”

며칠 전부터 데시마의 첫 마디는 늘 똑같았다. 울프가 입을 떼기도 전에 데시마는 베리 쏘리부터 에피타이저로 내놓았다. 울프가 빙긋 웃으며 물었다.

"이제는 일본군이 의주를 넘어서지 않았나요?"

데시마도 빙긋 웃으며 대답했다.

"확인해줄 수 없습니다. 죄송합니다."

"나 같은 사람도 이미 다 알고 있는 사실인데도요?"

"어디서 들으셨는지는 모르겠으나 군사 기밀입니다. 죄송합니다."

"종군기자한테는 알려줘도 되는 사항 아닙니까?"

"죄송합니다. 제 처지를 이해해 주십시오."

"순안에는 얼마나 더 있어야 합니까?"

"평양으로 가셔도 됩니다. 사사키 장군께서 환영 만찬을 베풀어 주실 겁니다. 아니면 서울로 돌아가셔도 되고요."

"그런 뜻으로 한 말은 아닙니다."

"다른 기자 분들께선 평양에서 즐겁게 머무르고 계십니다."

"억류가 아니고요?"

"억류라니요? 우리는 평양에 머물라고 강요한 적이 전혀 없습니다. 원하면 언제든 평양을 떠날 수 있습니다. 남쪽 지방은 어디든지 오케이입니다."

이 또한 이미 여러 번 들었던 대화였다. 다음 내용도 예상 가능했다. 데시마는 울프에게 불편한 건 없느냐고 특유의 죄송한 얼굴로 물어볼 것이다. 열악한 곳에 머물게 해서 죄송하며 가능한 모든 지원을 다하겠다는 다짐도 밝힐 것이다. 울프가 이미 정해진 흐름을 살짝 비틀었다.

"서울에서 만난 B 장군이 말하더군요. 일본군 보병은 자신이 본가장 훌륭한 군대라고요. 나는 그 말을 믿지 않았습니다. 말하기 좋아하는 사람의 과장이겠거니 여겼습니다. 하지만 그 말은 사실이었습니다. 순안까지 오는 동안 내 눈으로 직접 관찰하고 내린 결론입니다."

"과찬의 말씀이십니다. 서양 여러 제국에 비하면 아직 부족한 점이 많습니다."

"그렇지 않습니다. 20킬로그램이나 되는 장비를 지고서도 몇백 킬로미터를 끄떡없이 행군하는 군대는 이 세상에 일본군 말고는 없습니다. 더 놀라운 건 부대가 한 사람처럼 움직이는 점입니다. 모두가 하나의 목표를 달성하기 위해 온 힘을 다하기에 가능한 일이겠지요. 더 놀라운 게 뭔지 압니까? 나는 지금까지 술 취한 일본군을 단 한 명도 본 적이 없습니다. 그들은 그야말로 군인 그 자체입니다."

"칭찬에 몸 둘 바를 모르겠습니다. 감사합니다."

"일본인에 비하면 조선인은 미개한 민족입니다. 부산에서 처음으로 조선인들을 보고 나는 깜짝 놀랐습니다. 내가 생각했던 것보다 체격도 좋고 얼굴도 늠름하더군요. '왜놈'의 지배를 받을 민족으로는 보이지 않았습니다. 며칠 지나지 않아 그건 나의 착각임을 깨달았습니다. 나는 조선인들처럼 비능률적인 민족은 본 적이 없습니다. 그들은 일이라고 불릴 만한 행동은 거의 하지 않습니다. 하루 종일 모여서 잡담을 하거나 구경을 하는 게 전부입니다. 부산에서 제물포로 올 때 조선인 사공이 모는 배를 타고 왔습니다. 군산을 지나서 어느 곳에선가 배 두 척이 마주쳤습니다. 두 배의 사공은 배를 가까이 붙이더니 담뱃대에 불을 붙이고 한참 동안 이야기를 나누었습니다. 믿을 수 있겠습니까? 바다 한가운데에서 말입니다! 두 배 모두 손님을 태우고 있었는데도요! 게다가 손님들은 그런 어처구니없는 행동을 보고도 전혀 항의하지 않았습니다! 서울에서 본 다른 광경도 놀랍기는 마찬가지였습니다. 짐수레 두 대가 좁은 골목에서 마주쳤습니다. 한쪽이 양보하면 끝날 문제였습니다. 하지만 두 쪽 중 어느 쪽도 양보하지 않았습니다. 그들은 서로에게 삿대질을 하고 목소리를 높였습니다. 어떻게 결론이 나나 궁금해서 30분을 지켜보았습니다. 결론은 나지 않았습니다. 그들은 지치지도 않고 계속 다투고만 있었습니다. 심지어는 다투는 걸 즐기는 것처럼 보였습니다. 나는 그들이 지금도 싸우고 있다고 확신합니다! 조선인들이 흰옷만 입는 것도 우스꽝스럽습니다. 사실 흰옷은 흰옷이 아니라 회색 옷이지요. 더러워질 대로 더러워져 있으니까요. 조선인들은 잘 씻지를 않습니다. 옷을 잘 갈아입지도 않습니다. 위생이라는 단어가 있는지도 의문입니다. 서울 성문 밖에 콜레라로 죽은 시체들을 거적으로 감싼 후 그대로 방치해 둔 것을 보고는 깜짝 놀랐습니다. 일본군이 조선에 들어온 건 축복입니다. 조선인들은 일본을 통해 자신들에게 부족한 게 무엇인지 깨달을 테니까요. 그건 바로 힘이지요."

"귀한 말씀 감사합니다. 우리도 미개한 조선인들을 사람답게 만들기 위해 많은 노력을 하고 있습니다. 우리는 조선을 점령하기 위해 온 것이 아닙니다. 조선인들이 서양 제국에 스스로 맞설 수 있는 힘을 기르도록 돕는 것입니다. 우리가 조선을 점령하러 온 줄 아는 이들이 있는데 그건 사실과 다릅니다. 우리는 그저 이웃 국가로서의 책무를 다하는 것이지요. 지난 이천 년 동안 내내 그랬던 것처럼 말이지요."

데시마는 울프의 칭찬에 적잖이 고무되었다. 그로서는 드물게 연신 고개를 끄덕거리며 환하게 웃는 것이 그 증거였다. 울프가 말했다.

"전 세계에서 가장 훌륭한 전투 집단인 일본군이 이미 의주를 넘었습니다. 그렇다면 제 생각에 안주는 전혀 위험한 곳이 아닐 것 같습니다. 안주만 보고 오게 해 주십시오. 안주에서 벌어졌던 전투 결과만 취재하고 오게 해 주십시오."

"그렇긴 합니다만… 안타깝게도 제가 결정할 수 있는 사항이 아닙니다."

"못 믿겠다면 감시하는 병사를 붙여 주셔도 됩니다. 착한 아이가 되겠습니다. 모범적인 사람이 되겠습니다. 병사가 하지 말라는 행동은 절대 하지 않겠습니다."

"죄송합니다. 사사키 장군께서는 북쪽으로 진군할 때가 되면 우리에게 통지해 주시겠다고 하셨습니다. 그때가 되면 우리와 함께 가실 수 있습니다. 다시 말씀드립니다. 우리는 모든 지원을 아끼지 않고 다 해드리겠습니다. 음식과 말을 제공하는 것은 물론, 원하시는 정보도 숨기지 않고 다 알려드리겠습니다. 특종거리도 제일 먼저 드리겠습니다."

울프가 교묘하게 흔들었지만 데시마는 넘어가지 않았다. 잠깐 헤맸던 데시마는 며칠 동안 내내 들었던 이야기로 다시 복귀했다. 울프가 얻은 것이 있기는 했다. 데시마는 일본군이 의주를 돌파했다는 정보가 사실임을 엉겁결에 인정했다.

울프가 물었다.

"나는 지금 억류되어 있는 것입니까?"

"억류라니요, 자꾸 그렇게 말씀하시면 안 됩니다. 귀하는 우리의 손님입니다. 불편하게 느끼셨다면 죄송합니다."

"손님인 내가 북쪽으로 간다면 어떻게 됩니까?"

"가실 수는 있습니다. 다만 보초의 위치를 넘어선 그 순간부터 우리는 귀하를 적으로 간주하겠습니다. 일본이 아닌 러시아의 편을 드는 것으로 여기겠습니다."

울프는 고개를 끄덕였다. 울프가 일어섰다. 데시마와 악수를 나

누었다. 데시마는 불편을 끼쳐서 죄송하게 되었다는 말을 반복했
다. 울프는 빙긋 웃었다. 데시마도 빙긋 웃더니 '진실한 친구로서
의' 당부를 했다.

"조선인과 너무 가까이 지내는 건 좋지 않습니다. 조선인들은
보지 않는 것 같으면서도 다 봅니다. 듣지 않는 것 같으면서도 다
듣습니다. 언제 등을 칠지 모르는 질 나쁜 사람들입니다."

데시마는 나에 대해 경고를 하고 있었다. 내가 옆에 있다는 사
실은 데시마가 나에 대한 의심을 거리낌 없이 전하는 데에 아무
런 영향도 못 미쳤다. 데시마에게 나는 투명인간이거나 말귀를
알아듣지 못하는 동물이었다. 울프는 벗어 놓았던 베레모를 쓰며
말했다.

"다른 조선인은 몰라도 영 보이에 대해서는 걱정하지 않으셔도
됩니다. 우리는 완벽한 팀이니까요."

우리가 처음부터 완벽한 팀이었다고 말할 수는 없다. 우리에겐
삐끗했던 시간이 있었다. 이제 그 사건에 대해 말하려고 한다. 울
프와 나는 3일 동안 서울에 머무르며 여행 준비를 한 후 북쪽을 향
해 출발했다. 울프와 일본인 통역은 말을 타고 행렬의 맨 앞에 섰
고, 하인 세 명이 짐을 지고 중간에 섰고, 나와 마부가 조랑말을 타
고 맨 뒤를 지켰다. 처음엔 모든 게 순조로웠다. 길은 비록 진흙탕
이었지만 날이 따뜻해 견딜 만했다. 황해도에 들어서면서부터 문

제가 생겼다. 온도가 내려갔고, 바람이 세게 불었고, 진흙탕이 살얼음으로 변했다. 사람과 말이 길에서 춤을 추었다. 자유 회전을 했고 엉덩방아를 찧었다. 연백에 도착했을 때는 눈보라까지 휘몰아쳤다. 오후 네 시를 조금 넘은 시각이었다. 길은 이미 어둑했다. 울프는 말을 돌려 내게로 왔다. 더 나아가기는 어려우니 숙소를 찾아보는 게 좋겠다고 말했다. 알겠다고 했다. 예상하지 못했던 문제가 명령의 수행을 방해했다. 숙소를 찾는 일은 쉽지 않았다. 처음 만난 마을에는 일본군이 자리를 잡고 있었다. 그다음 마을의 사정도 마찬가지였다. 두 군데의 마을을 그냥 지나치자 울프가 내게 물었다.

"일본군에게 양해를 구하고 머물러도 되지 않을까?"

나는 한 군데만 더 찾아보자고 제안했다. 마부와 하인들이 일본군을 무서워한다는 말도 덧붙였다. 일본인 통역이 한 마디를 하려했다. 울프는 틈을 주지 않았다. 울프는 나를 보며 알겠다고 했다. 이왕이면 모두가 만족하는 숙소를 찾아보라고 했다. 다행히 그다음 마을엔 일본군이 없었다. 숙소에 들어간 뒤에야 그 이유를 알았다. 작은 마을이었다. 허물어져 가는 숙소엔 두 개의 방이 있었다. 울프가 평가를 내렸다.

"하나는 깨끗하고 하나는 더럽군."

울프의 유머였다. 두 방은 다 더러웠다. 찢어진 벽지 틈으로 짚을 섞어 바른 흙벽이 그대로 드러났다. 썩은 냄새가 나는 돗자리는 기울어진 방바닥의 절반도 가리지 못했다. 입기 힘들어 보이는 낡은 옷가지들이 벽에 걸려있었다. 못 쓰게 된 농기구들이 퍼즐 조각처럼 여기저기 방향을 달리해 흩어져 있었다. 두 방의 유일한 차이점은 한 방에는 메주가 있고, 다른 방에는 없다는 것이었다. 만족과는 거리가 멀었다. 울프가 결정을 내렸다. 울프는 메주 없는 방을 택했다. 울프와 일본인 통역, 그리고 내가 한 방을 쓰고, 마부와 하인들이 다른 방을 쓰기로 했다. 나는 방에 들어가려는 울프를 제지했다. 내가 먼저 방에 들어가 돗자리를 털었다. 먼지가 일었다. 검은 물체들이 날아다녔다. 앞이 보이지 않았다. 먼지가 가라앉자 벌레들이 보였다. 살기 위해 도망가고 있었다. 눈에 보이는 놈들만 잡아 죽였다. 살아남은 놈들이 보이지 않는 곳으로 숨어들 때까지 시간을 주었다. 빗자루로 먼지와 사체를 쓸어 냈다. 한 번으로는 부족해 두 번을 쓸어 냈다. 조랑말에 실린 짐에서 기름 먹인 두터운 종이를 꺼내 바닥에 덮었다. 담요를 덮으니 그럴듯한 공간이 완성되었다. 나는 입을 가리고 서 있는 울프에게 다 되었다고 말했다. 울프가 방 안으로 들어가면서 한 마디 했다.

"영 보이, 정말 조선인 맞아?"

주인이 밥상을 준비해 왔다. 밥과 미역국, 김치와 콩자반이었다. 기대했던 것보다는 나쁘지 않았다. 우리는 문을 열어 놓고 밥을 먹으며 다음 날의 일정에 대해 이야기를 나누었다. 눈보라가 치고 있다는 사실은 앞에서 말한 바 있다. 문을 열기 원한 건 울프였다. 울프는 방 안의 고약한 냄새를 참느니 차가운 바람에 시달리는 쪽을 택했다. 옷가지들이 바람을 견디지 못하고 바닥에 떨어졌다. 농기구가 흔들리고 찢어진 벽지가 울었다. 울프는 개의치 않았다. 바닥은 뜨듯하고 옷도 다 갖춰 입었으니 견딜 만하다고 여기는 것 같았다. 울프는 쌉쌀한 기장밥을 잘 먹었다. 김치와 콩자반도 잘 먹었다. 미역국은 한 숟갈 먹어 보곤 바닥에 내려놓았다. 그 미역국은 나의 몫이 되었다. 일정은 사실상 통보나 마찬가지였다. 울프는 내일의 목표는 평양에 도착하는 것이라고 말했다. 평양에 도착하면 사사키 장군을 찾아갈 것이라고 했다. 일본인 통역이 동행하면 된다고 했다. 사사키 장군을 만난 후엔 선교사 C씨를 찾아갈 것이라고 했다. 내가 동행하면 된다고 했다. 울프는 나와 일본인 통역을 번갈아 보았다. 질문이 있느냐고 물었다. 질문은 없었다. 울프는 자신의 배낭을 뒤졌다. 보따리를 닮은 작은 가방 하나와 술병을 꺼냈다. 울프는 병을 들어 한 모금 마시고는 일본인 통역에게 넘겼다. 난감해 하는 표정이 드러났다. 울프가 빙긋 웃었다. 일본인 통역은 울프가 마신 양의 절반을 마시고는 내게 넘겼다. 나는 병을 받자마자 입으로 가져갔다. 지푸라기를 태운 맛이 났다. 간신히 삼켰다. 목이 타들어 갔다. 미역국을 마셨다. 한 번으로는 부족해 두 번을 마셨다. 울프는 버번위스키라고 했다. 옥수수를 주원료로 사용해 만든다고 했다. 미국인들에겐 최고의 위스키라고 했다. 울프는 한 모금을 더 마신 후 눈빛으로 우리에게 권했다. 일본인 통역과 나는 둘 다 고개를 저었다. 울프는 작은 가방을 열었다. 노트와 연필, 두 권의 책, 그리고 리볼버를 꺼냈다. 은화 몇 개도 함께 딸려 나왔다. 울프는 은화를 다시 가방에 집어넣었다. 가방 안에 달리 지폐 뭉치를 넣어 둔 것이 보였다. 울프는 꺼내 놓은 것과 가방을 번갈아 보면서 내 가장 귀한 것들이라고 말했다. 울프가 웃으며 말했기에 일본인 통역도 웃었고 나도 웃었다. 울프가 연필을 들고 노트를 펼쳤다. 울프가 기록을 하는 동안 나는 배를 만졌다. 목구멍의 아픔은 배로 내려갔다. 막걸리를 마실 때는 느끼지 못했던 감각이었다. 울프가 노트를 덮었다. 일본인 통역이 부탁을 하나 해도 되겠느냐고 정중하게 물었다. 울프가 괜찮다고 했다. 통역은 책을 좀 보아도 되겠느냐고 조금 전보다 더 정중하게 물었다. 울프가 책을 건네며 말했다.

"《Korea and Her Neighbours》는 대영제국 왕립 지리학회의 회원인 이사벨라 버드 비숍 여사의 책이라오. 조선을 다룬 책들 중 단연 압권이오. 여사의 식견에는 감탄하지 않을 수가 없소. 다른 한 권은 그냥 쓰레기라고 생각하시오."

울프가 말한 쓰레기는 그가 낭독회 때 읽었던 책, 《Call of the Wild》였다. 일본인 통역이 책을 살펴본 후 두 손으로 공손하게 돌려주었다. 울프는 비숍 여사의 책 한 대목을 펼쳤다. 그의 시선은 나를 향해 있었다.

"여기에 아주 재미있는 내용이 있지. 조선인들은 대단히 똑똑한 사람들이다. 외국인 교사들은 조선인들이 일본인들보다 영어를 훨씬 빨리 배운다고 입을 모아 말한다. 조선인들은 외국인을 대할 때 교활함을 보이지 않는다. 저명한 비숍 여사에게 딴지를 놓고 싶진 않지만 나는 이 의견에 동의하지는 않아. 내가 본 것과 전혀 다르거든. 비숍 여사는 일본인보다 훌륭한 조선인들을 도대체 어디에서 만났을까? 영 보이, 어떻게 생각하나?"

나는 눈을 깜빡거렸다. 고개를 갸웃하곤 질문을 잘 못 알아들은 척했다. 울프는 내 대답을 강요하지는 않았다. 밥을 먹으며 일정을 전달받은 사이 눈이 그쳤다. 마구간에서 요란한 소리가 났다. 조랑말들이 울부짖고 있었다. 울프가 말했다.

"말 축에도 못 드는 허약한 조랑말이 얼마나 사나운지 나는 잘 알고 있지. 기분이 상하면 물불을 가리지 않고 덤벼든다지. 어디서 배웠는지는 묻지 말게나. 나의 스승 비숍 여사께서 알려줬거든."

울프의 말은 절반만 맞았다. 조랑말은 말보다 훨씬 더 강인했다. 수정하려 들지는 않았다. 나는 조랑말의 대변인이 아니었다. 조랑말 편을 들 생각은 전혀 없었다. 울프를 향해 빙긋 웃었다. 조랑말을 보러 가겠다는 핑계를 대고 방에서 나왔다. 조랑말들은 서로를 원수처럼 노려보고 있었다. 상대를 향해 격렬하게 앞발을 휘두르고 있었다. 소용없는 짓이었다. 상대방에 닿기엔 줄이 너무 짧았다. 그럼에도 조랑말들은 포기하지 않았다. 미련한 놈들. 자기밖에 모르는 놈들. 싸우지 못해 안달이 난 놈들. 갑자기 화가 났다. 꿀밤이라도 먹이고 싶었다. 울프가 내 등을 탁 쳤다. 놀라서 돌아보았다. 일본인 통역을 대동한 울프는 잠깐 나갔다 오겠다고 했다. 통역이 숙소에 들어오기 전에 일본인 중위 한 명이 지나가는 것을 보았다는 것이었다. 울프가 말했다.

"중요한 정보를 얻을 수도 있으니까."

살짝 열린 방 문 틈으로 울프의 배낭이 보였다. 나는 울프에게 잘 다녀오라는 말을 했다. 다시 눈이 내릴지도 모르니 멀리 가지는 않는 게 좋을 거라는 정보를 알려주었다. 울프는 베레모 끝에 손을 대고 고개를 까딱했다. 울프의 발소리가 들리지 않는 것을 확인한 후 나는 방으로 들어갔다. 배낭을 열었다. 작은 가방이 있었다. 울프는 생각보다 부주의한 사람이었다. 작은 가방을 꺼냈다. 조끼 안쪽에 숨겼다. 문을 살짝 열고 고개를 내밀었다. 바깥을 확인했다. 마부와 하인들이 떠드는 소리가 들렸다. 주인이 맞장구치는 소리도 들렸다. 그들은 즐거워 보였다. 조랑말들은 차분해졌다. 거친 숨소리만 가끔 들렸다. 조랑말을 보는 척하다가 대문을 열고 밖으로 나왔다. 숙소를 나온 뒤엔 속도를 높였다. 산을 향해 곧장 달렸다. 큰길보다는 샛길이 안전할 것이라는 판단이었다. 내 판단은 적절했다. 하지만 나는 산에 진입하지 못했다. 샛길에 들어서기 전에 탕 소리가 났다. 내 머리 위에서 났다. 나를 겨눈 총격이었다. 나는 그 자리에 엎드렸다. 저벅저벅 발걸음 소리가 들렸다. 발걸음의 주인이 모습을 드러냈다. 울프와 일본인 통역이었다. 울프가 리볼버를 내 머리에 댔다. 그 상태로 일본인 통역에게 말했다.

"내가 이겼소. 당신에게 줄 돈에서 1달러를 깎겠소."

다시 눈이 내리기 시작했다. 눈보라는 치지 않았다. 바람이 거의 불지 않았기 때문이다. 울프는 일본인 통역을 보냈다. 눈이 달을 지운 캄캄한 길엔 울프와 나만 남았다. 울프는 서 있었고 나는 무릎을 꿇었다. 울프는 가방을 빼앗았다. 잠시 후 리볼버를 가방에 넣었다. 울프는 내 주위를 크게 한 바퀴 돌았다. 울프는 나더러 고개를 들라고 했다. 울프는 내 얼굴을 보며 알래스카라는 단어를 말했다. 알래스카는 세계에서 가장 추운 지방이라고 말했다. 그 추운 지방에 1년 넘게 머물렀다고 말했다. 금을 캐기 위해서.

그때 울프는 스물한 살이었다. 알래스카로 가기 전에 울프는 세탁소에서 일했다. 일주일에 80시간을 일했다. 유일한 휴식일인 일요일엔 잠만 잤다. 그리고 다시 월요일. 80시간의 막막함이 손을 흔들었다. 울프는 기계였다. 쉬지 않고 빨래를 하고 빨래를 널고 다림질을 하는 숙련된 기계. 기계의 삶엔 미래가 없었다. 울프는 피곤했고, 불안했다. 기계는 작동을 멈추면 그것으로 끝이었다. 기계는 무한 대체가 가능했다. 또 다른 기계가 나타나 울프를 대체할 것이었다. 결과가 눈에 보이는 기계의 삶은 울프가 꿈꾸던 아메리칸 드림이 아니었다. 그때 금광 이야기를 들었다. 알래스카에서 금을 캐는데 성공해 벼락부자가 된 사람들 이야기를 들었다. 그 빛나고 아름다운 이야기가 울프 안에 숨어 있던 개척 정신을 자극했다. 울프는 알래스카로 떠나기로 했다. 가족의 주머니를 탈탈 털어 돈을 모았다. 막막해 하는 가족을 금덩어리에 대한 예언으로 달랬다. 울프는 1톤이 넘는 장비와 식량을 준비해 배를 탔다. 항구에 도착하자 울프의 가슴은 금에 대한 기대감으로 부풀었다. 기대가 사라지기까지는 오래 걸리지 않았다. 금광은 항구에 있지 않았다. 항구에서 수백 킬로미터 떨어진 클론다이크까지 가야 했다. 돈이 많다면 문제가 없었다. 썰매를 빌리고 인디언들을 짐꾼으로 고용하면 되었다. 울프에겐 꿈같은 이야기였다. 울프는 직접 짐을 옮기기로 했다. 1톤을 한꺼번에 옮길 수는 없었다. 울프는 등에 질 수 있는 만큼의 짐만 졌다. 그리고 걸었다. 더 견딜 수 없는 지점까지 걸은 후 짐을 내렸다. 출발지로 돌아갔다. 다시 짐을 지고 걸었다. 다시 출발지로 돌아갔다. 울프는 석 달 동안 짐을 옮겼다. 다른 이들이 3, 4일이면 끝내는 일이었다. 하늘은 스스로 돕는 자를 돕는다고 했던가? 거짓말이었다. 노고는 보답을 받지 못했다. 얼마 후 겨울이 찾아왔다. 북극의 무자비한 겨울에 맞서는 것은 그 어떤 장비로도 불가능했다. 울프는 오두막을 빌려 머물렀다.

"나는 금을 캐지 못했어. 다음 해 여름에 괴혈병에 걸린 채 집으로 돌아왔지. 돈도 잃고 건강도 잃고 이빨도 잃었어. 살아남은 게 다행이었지. 가족들은 실망도 하지 않더군. 사실 그들은 기대조차 한 적이 없었지. 그들은 내가 들려준 황금 신화를 처음부터 믿지 않았어. 현명한 불신이었지. 그렇다고 내가 알래스카에서 아무 것도 배우지 못한 것은 아니었어. 사실 알래스카는 나의 학교였지. 내가 졸업한 유일한 학교. 그 학교에서는 단 하나의 교훈만 반복해서 가르쳤어. 힘을 가진 존재가 승자라는 것. 가장 힘이 센 존재는 자연이었어. 아무리 강한 인간도 추위와 폭설에 정면으로 맞서지는 못하는 법이니까. 지금 내리는 눈과 우리를 떨게 하는 추위는 알래스카에 비하면 아무것도 아니야. 그렇다고 무시할 수도 없지. 자연은 자연이니까. 눈은 눈이고 추운 건 추운 거니까. 폭설이 내린 후에 가장 무서운 게 뭔지 알아? 고요야. 모든 것이 눈에 덮여 아무 소리도 들리지 않지. 마치 태초와도 같지. 그 고요야말로 자연이 우리에게 보여 주는 힘의 상징이야. 인간은 그 고요를 깰 수가 없어. 경외의 눈으로 바라볼 뿐이지. 자연 다음으로 힘이 센 존재는 백인들이었지. 백인들에 비하면 인디언들은 짐승에 지나지 않아. 인디언들은 자기들 땅에서 나는 금을 백인들에게 빼앗기면서도 슬퍼할 줄을 몰라. 무거운 짐을 옮기고 받은 잔돈을 헤아리고 또 헤아리며 기뻐하기만 하지. 그 돈으로 사먹는 술이 그들이 삶을 유지하는 이유가 되었지. 끔찍한 아이러니지. 백인들 사이에도 등급이 있지. 금을 캐는 자와 못 캐는 자. 나는 금을 캐는 이들을 시기하지 않았어. 힘 있는 자가 얻는 당연한 대가였으니까. 운이라고 말하는 사람도 있겠지. 그들은 운도 힘이라는 걸 몰라. 나는 죽어라 노력했어. 남들이 일할 때 일했고 놀 때도 일했어. 그러나 금을 캐지는 못했어. 나는 금을 캐는 일엔 젬병이었지. 철저하게 무기력했지. 하지만 내겐 다른 힘이 있었어. 알래스카에서 돌아온 나는 글을 썼어. 내가 보고 들은 것을 글로 옮겼어. 내 실패의 사연을 낱낱이 밝혔어. 자연에서 배운 교훈을 글로 써서 전파했어. 그리고 성공했지. 오랜 세월 꿈에서만 그리던 작가가 드디어 된 거야."

울프의 이야기를 듣는 건 고통스러웠다. 온몸이 떨렸고 꿇은 무릎은 감각을 상실했다. 울프의 표현을 따르면 나는 힘이 없는 자였다. 운과 실력 모두에서 철저하게 무기력한 자였다. 인디언보다는 나은 존재일까? 그건 모르겠다. 인디언을 본 적은 한 번도 없었다. 나는 울프의 말에 단 한 마디 반박도 할 수 없었다. 훔치는 일조차 제대로 해내지 못 하다니. 바보도 할 수 있는 그 쉬운 일을. 울프가 말했다.

"A씨 말이 맞았구나. 너에게 도벽이 있다고 하더니. 견습생으로 데리고 있을 때 그 사실을 발견해서 다행이었다는 말도 했지. 그래서 물었지. 영어는 잘 하느냐고. 자신이 본 조선인 중에 가장 잘한다고 하더군. 놀라운 수준이라고 하더군. 하나 묻고 싶은 게 있어. 영어는 도대체 어떻게 배웠지?"

처음에는 선교사들의 집에서 일하며 배웠다고 했다. 다음에는 선교사들이 세운 학당에 다니며 배웠다고 했다. 울프가 물었다.

"아버지가 조선에서 천대받는 도축업자였다는 게 사실이냐? 어머니가 도망가고 아버지는 병으로 죽었다는 게 사실이냐?"

A씨는 입이 가벼운 자였다. 나는 그렇다고 했다. 울프가 물었다.

"어떻게 믿지?"

나는 아무 말도 하지 않았다. 울프는 내 주위를 빙빙 돌았다. 갑자기 걸음을 멈추었다. 작은 가방을 열었다. 리볼버를 꺼냈다. 리볼버의 총구가 나를 향했다. 나는 피하지 않았다. 눈도 감지 않았다. 살려 달라고 빌지도 않았다. 나는 이미 삶이 지겨웠다. 빌기도 너무 많이 빌었다. 잠시 후 울프는 하늘을 향해 총을 쏘았다. 천지가 뒤틀리는 소리가 났다. 나무가 눈을 털어 내며 화를 냈다. 새들이 날았다. 야생 짐승이 울었다. 개가 짖고 멀리서 아이가 울었다. 울프는 리볼버를 가방에 넣은 후 말했다.

"일어나."

나는 노인처럼 힘들게 몸을 일으켰다. 갑자기 눈물이 났다. 바보 같긴. 옷소매로 닦았다. 울프가 말했다.

"계약 조건을 바꿔야겠군. 이젠 15달러다. 알았나?"

땡큐라고 답했다. 걸음을 뗀 울프에게 물었다.

"우린 아직 한 팀인가요?"

울프가 대답했다.

"한 팀이고말고. 강한 백인과 남들을 속여 먹는 사악한 원주민이 이룬 팀, 더할 나위 없이 완벽한 팀이지."


일본인 통역은 이미 잠들었다. 일본인처럼 얌전하게 코를 골았다. 울프의 뒤를 따라 방으로 들어간 나는 문을 열어 두었다. 울프는 닫아도 된다고 했다. 냄새는 감수하겠다고 했다. 나는 문을 닫았다. 대신 주먹으로 문을 뚫었다. 내 주먹 크기의 구멍에서 벼락같은 바람이 들어왔다. 울프가 엄지를 들었다. 손바닥으로 자신의 옆자리를 탁탁 쳤다. 와서 앉으라는 뜻이었다. 울프는 가방에서 술병을 꺼냈다. 한 모금을 마시고 내게 건넸다. 거절할 명분이 없었다. 거절하고 싶은 마음도 없었다. 술에게 나를 맡기고 싶었다. 울프처럼 멋지게 마시고 싶었다. 그러나 겁이 나기도 했다. 짧게 한 모금을 마셨다. 아까보다는 견딜 만했다. 울프가 이야기를 시작했다. 직업의 역사라 이름 붙일 만한 이야기였다. 울프는 열한 살 때 일을 시작했다. 아침 일찍 일어나 신문을 돌렸다. 그때는 학교에 다니던 시절이었다. 짧은 수업을 마친 후에는 또 다시 신문을 돌렸다. 주말엔 아이스크림을 팔았다. 술에 취한 어른들이 대상이었다. 어른들은 울프를 이유 없이 미워했으면서도 아이스크림은 샀다. 신문과 아이스크림으로는 가족을 먹여 살릴 수 없었다. 학교를 그만두고 통조림 공장에 취직했다. 한 시간에 10센트를 받는 조건이었다. 일하는 시간은 일정하지 않았다. 일이 적을 때는 하루에 열 시간을 일했다. 일이 많을 때는 하루에 열여덟 시간, 스무 시간까지 일했다. 평균 취침 시간은 다섯 시간이 못 되었다. 어머니는 전날 몇 시에 잠이 들었건 다섯 시 반이 되면 울프를 깨웠다. 묽고 미지근한 수프가 어머니가 주는 유일한 아침식사였다. 열다섯 살이 되었을 때 울프는 통조림 공장을 그만두었다. 세상 물정에 눈을 뜬 울프는 높은 수입이 기대되는 업종에 뛰어들었다. 울프는 해적이 되었다.

"해적이라기보다는 도둑에 가까웠지. 한밤중에 양식 굴을 몰래 훔치는 일이었으니까. 하지만 우리끼린 해적이라고 불렀어. 도둑 보다는 해적이 훨씬 멋있게 들리니까."

확실히 해적질은 수입이 괜찮았다. 운이 좋으면 하룻밤에 100 달러어치의 굴도 훔칠 수 있었다. 수입이 좋은 대신 위험도 높았 다. 굴을 훔치다 걸리면 끝이었다. 주인에게 총을 맞을 수도 있었 고, 경찰에게 잡힐 수도 있었다. 울프는 경찰에게 잡혔다. 다 끝났 다 여기고 낙심했지만 현실은 울프의 생각보다 복잡했다. 경찰은 울프에게 새로운 임무를 주었다. 해적들을 감시하는 것. 울프만큼 해적질에 대해 잘 아는 이는 없었다. 울프만 있다면 해적을 일망타 진할 수도 있었다. 울프는 새 임무를 받아들였다. 배신이라고 말하 면 안 되었다. 울프에겐 다른 선택이 있지도 않았다. 경찰을 위해 일하면서 울프는 술을 배웠다. 해적을 잡는 횟수가 늘수록 술이 늘 었다. 어느 날인가는 술에 취해 바다에 뛰어들려 했다. 경찰은 울 프가 죽는 것조차 허락하지 않았다. 울프는 조금씩 일에 흥미를 잃 어 갔다. 얼마 후 울프는 그만두겠다고 했다. 경찰은 울프를 놓아 주었다. 굴의 시세는 떨어졌으며 울프가 잡은 해적은 이미 많았다. 울프는 선원이 되었다. 물개잡이 배를 탔다. 울프는 7개월 후에 뭍에 내렸다. 그리고 글 한 편을 썼다.

"자연 말고 또 다른 학교가 있었어. 도서관. 난 틈이 날 때마다 도서관에 다녔어. 아무 책이나 닥치는 대로 읽었지. 이유는 묻지 마. 할 말이 없으니까. 그런 날 지켜보는 이가 있었어. D 사서 선생이었지. D 선생은 내게 책을 권해 주었어. 처음에는 마크 트웨인과 에드거 앨런 포를, 나중에는 호손과 멜빌과 플로베르와 톨스토이와 도스토옙스키를 권해 주었어. 읽기 쉬운 것도 있었고 어려운 것도 있었어. 난 어려운 걸 좋아했어. 톨스토이보다는 도스토옙스키를 선호했어. 아무리 어려워도 포기하지 않았어. 끝까지 읽었지. 이해가 잘 안 되면 다시 읽었지. 어려움에 도전하던 그 시절이 지금의 날 만든 셈이지. 아까 한 말은 바꾸어야겠다. 난 자연과 도서관이라는 학교를 다녔어. 그 결과 작가가 되었어."

울프는 작가가 되었다는 사실에 대단한 자부심을 갖고 있는 것으로 보였다. 작가라는 단어를 발음할 때마다 울프의 눈이 어린애처럼 빛났다. 울프의 이야기가 끝났다. 술병도 비었다. 대부분은 울프가 마셨다. 울프가 말했다.

"열일곱 살이라고 했지? 내가 물개잡이 배를 탔을 때로군. 그 시절의 내가 얼마나 어렸는지 널 보니까 알겠다."

내가 말했다.

"열다섯 살입니다. 울프가 통조림 공장을 그만두었을 때입니다."

울프가 내 눈을 보며 말했다.

"영 보이, 넌 참 흥미로운 원주민이야."

나는 아무 말도 하지 않았다. 어떻게 대꾸해야 할지 몰랐다고 말하는 게 더 맞겠다. 나는 전혀 흥미로운 인간이 아니었다. 울프는 술병을 들어 남은 술을 홅았다. 그러고는 등잔불을 껐다.

# 3. 조선의 적, 인간의 적

## 1904. 3. 20. 12:27

숲속 마을의 촌장이 울프를 방문했다. 울프는 쪽마루에 앉아 노트에 무언가를 쓰고 있었다. 울프를 본 촌장은 허리를 깊게 숙여 인사했다. 뒤늦게 촌장의 존재를 눈치챈 울프는 벌떡 일어났다. 마당으로 내려와 촌장과 똑같은 자세를 취했다. 촌장의 인사는 자연스러웠다. 신체와 예절이 한 몸이었다. 울프의 인사는 어설픈 배우의 엉성한 몸짓이었다. 신체는 예절을 낯설어 했다. 울프는 마루를 가리키며 조선어 '안으로'를 말했다. 촌장은 손사래를 쳤다. 울프더러 먼저 올라가라고 했다. 울프가 한 번 더 권했다. 한 걸음 뒤로 물러난 촌장은 울프가 먼저 올라가기를 원했다. 울프는 영문을 모르겠다는 표정으로 나를 보았다. 겸양의 까다로운 관습을 설명하

기는 어려웠다. 구면인 촌장이 처음보다 더 예절을 차리는 것을 설명하기는 불가능했다. 나조차도 그 이유를 정확히 알고 있지는 못했다. 나는 울프더러 먼저 올라가라고 했다.

울프가 촌장을 만나게 된 사연부터 말해야겠다. 며칠 전 울프와 나는 말을 타고 마을을 둘러보았다. 마을엔 더 이상 '구경'할 것이 없었다. 울프는 산으로 올라가고 싶어 했다. 피난을 간 마을 사람들이 어디서 어떻게 지내는지 보고 싶다는 것이었다. 우리는 샛길을 따라 산으로 올라갔다. 샛길은 금세 사라졌다. 길도 없는 바위투성이 산이 우리를 막았다. 바위를 잡고 올라가는 방법은 있었다. 바위 몇 개만 지나면 다시 길은 나타날 것이었다. 울프는 잠깐 고민했다. 바위와 싸우며 산을 올라가서 얻는 이익과 말을 타고 숙소로 돌아가서 쉬는 일의 이익을 비교했다. 울프는 후자를 택했다. 후자의 선택은 뜻밖의 발견과 이어졌다. 산을 내려오다 샛길과 이어진 또 다른 길을 발견했다. 어른 한 명이 겨우 걸을 수 있는 폭의 길이었다. 우리는 그 길로 들어섰다. 고삐를 잡고 조심스럽게 말을 이끌었다. 얼마 되지 않아 길이 넓어졌다. 그 지점에서 아이들과 마주쳤다. 열 살 미만으로 보이는 아이들은 울면서 달아났다. 우리는 아이들이 달아난 방향으로 말을 몰았다. 남자들 대여섯 명이 나타났다. 그들 손엔 낫이 들려 있었다. 그중 한 명이 내게 물었다.

"조선 사람이냐?"

그렇다고 대답했다. 마을을 구경하고 싶다고 요청했다. 안 된다는 답이 돌아왔다. 울프에게 전할 수는 없었다. 우리를 막는 이유가 무엇인지 물었다. 격앙된 대답이 돌아왔다.

"서양인은 인간이 아니다. 아라사(러시아) 괴물들이 우리 마을을 침범한 적이 있다. 그 짐승들을 물리치느라 장정 다섯 명이 다쳤다. 좋은 말로 할 때 돌아가."

"이 남자는 미국인이에요."

"미국인이건 아라사 괴물이건 간에 가란 말이야. 어서 돌아가."

울프가 말에서 내렸다. 나는 울프의 앞을 막았다.

"돌아가는 게 좋겠습니다."

울프가 말했다.

"내가 한 번 해볼게."

나는 옆으로 비켜섰다. 울프가 한 발짝 앞으로 갔다. 남자들이 한 발짝 뒤로 후퇴했다. 낫의 높이가 50센티미터 더 높아졌다. 울프가 베레모를 벗었다. 헝클어진 금발머리가 바람에 날렸다. 울프는 손으로 머리를 빗었다. 이를 드러내고 활짝 웃었다. 어눌한 발음으로 조선어를 시도했다.

"마 목사."

남자들이 서로를 쳐다보았다. 낫의 높이가 조금 낮아졌다. 그중 한 명이 물었다.

"마 목사님을 아시오?"

울프가 대답했다.

"내 친구입니다."

남자들이 웅성거렸다. 낮을 내렸다. 모여서 머리를 맞대고 이야기를 나누었다. 마 목사, 미국인, 아라사, 저놈들이라는 말이 들렸다. 단어들은 반복 사용되었고 그 사이 십여 분이 흘렀다. 남자들이 흩어졌다. 남자들 중 한 명이 마을을 향해 달려갔다. 다른 한 명이 활짝 웃으며 결론을 전했다.

"마 목사님의 친구면 우리의 친구기도 하오."

남자들은 우리를 안내했다. 길을 따라 조금 걷자 사라졌던 아이들이 나타났다. 아이들의 반응은 조금 전과는 딴판이었다. 아이들은 환하게 웃으며 울프를 둘러쌌다. 남자들이 저리 가라고 말했다. 목소리는 컸으나 역정은 담겨 있지 않았다. 아이들은 잠깐 흩어졌다가 다시 모여들었다. 낟알을 포기 못 하는 참새 떼 같았다. 남자들이 손을 휘저었다. 울프가 묘책을 발휘했다. 사진기를 눈에 대고 아이들을 향했다. 즉시 효과가 나타났다. 아이들은 비명을 지르며 사라졌다. 남자들도 움찔했다. 그들은 어른이었다. 도망가는 건 용납되지 않았다. 소심해진 남자들은 발걸음에 박차를 가해 울프와의 거리를 조금 더 벌렸다. 마을이 나타났다. 열 채가량의 집이 골짜기 아래 옹기종기 모여 있는 작은 마을이었다. 길에서 교묘하게 숨겨져 있어 외부에서는 잘 보이지 않는 마을이었다. 마을 사람들은 전령 역할을 맡은 남자를 통해 이미 소식을 들었다. 수십 명이 우리를 맞았다. 그들의 얼굴에 두려움은 없었다. 몇 걸음 앞에 나와 있던 촌장이 허리를 깊게 숙인 후 말했다.

"환영하오."

말뿐인 환대가 아니었다. 촌장은 우리를 자신의 집으로 초대했다. 막걸리와 만두와 김치를 대접했다. 잘 놀라지 않는 울프도 만두를 보고는 입을 벌렸다. 만두의 양 때문이었다. 만두는 세숫대야보다 조금 작은 크기의 접시에 층층이 쌓여서 나왔다. 작은 산이라부를 만했다. 촌장은 울프에게 직접 막걸리를 따라 주었다. 사발의크기도 만만치 않았다. 울프는 한 번에 다 마시지 못했다. 우리는선의를 지닌 마을 사람들에게 억류되었다. 마을 사람들은 우리가막걸리와 만두를 다 마시고 먹기 전까지 떠나는 것을 허락하지 않았다. 돌아갈 때는 마을 사람들이 샛길과 만나는 지점까지 따라 나와 우리를 배웅했다. 촌장은 다시 만날 것을 약속했다. 촌장은 그약속을 지키기 위해 온 것이다.

촌장에겐 다른 목적도 있었다. 촌장이 말했다.

"순안 사람들이 집으로 돌아오고 있소. 아직 숫자는 얼마 안 되지만 말이오."

울프가 물었다.

"아직 전쟁 중인데 마음을 바꾼 이유가 무엇입니까?"

"일본군의 태도가 바뀌었기 때문이오. 일본군이 처음 들어왔을때 주민들을 많이 괴롭혔소. 강제로 집을 빼앗고 곡식을 탈탈 털어갔소. 말을 안 들으면 폭력도 휘둘렀소. 아라사 놈들과 다를 게 하나도 없었소. 지금은 그렇지 않지. 데시마 대위가 병사들을 엄격하게 단속하면서부터 달라졌소. 이제 일본군은 주민들을 위협하지 않소. 데시마 대위는 일본군 숙소로 차출된 집에 대한 대가도 지불하겠다고 했소. 일본군이 주둔하는 데에서 오는 불편함에 대한 대가 또한 마을 사람들 모두에게 지불하겠다고 했소."

"좋은 일입니다. 일본군은 질서 있는 군대입니다. 마을 사람들에게까지 대가를 지불하겠다니, 일본군다운 생각입니다."

"일본군의 질서에 대해서는 잘 모르겠소. 어차피 우린 그들을 믿지 않소. 마음이 바뀌면 무슨 일을 할지 모르는 놈들이니까. 서양인들에게는 고분고분하면서 조선인들은 함부로 대하는 놈들이니까. 우리는 그저 대가를 주겠다고 하니 받으려는 것뿐이오. 그런데 문제가 있소. 그 대가가 마을 사람들에게 제대로 전달되지 않고 있소."

울프의 눈이 커졌다.

"데시마 대위가 약속을 안 지킵니까?"

"데시마 대위는 자신의 말을 실천하고 있소. 문제는 데시마 대위에게서 돈을 받는 사람이오. 그 사람이 우리에게 돈을 전달하지 않고 있소."

"그 사람이 누구입니까?"

"군수라오. 순안의 모든 일을 좌지우지하는 그 자의 이름은 박순성이오."

울프는 연필을 들고 노트를 펼쳤다. 박순성이라는 이름을 적었다. 일인자(number one)라는 설명도 덧붙였다. 촌장의 말이 이어졌다. 양반걸음처럼 느릿느릿 길게 이어졌던 이야기의 내용을 요약하면 다음과 같다.

군수인 박순성은 도둑놈이다. 일본군이 오기 전에도 박순성은 도둑놈이었다. 군수로 부임하자마자 성대한 잔치부터 여는 것을 보고 놈의 됨됨이를 알아챘다. 인물평은 적중했다. 박순성은 취임 후 제일성으로 세금 인상을 말했다. 전임 군수 시절의 두 배를 받겠다고 공언을 했다. 공언은 아니었다. 박순성은 철저하게 업무를 수행했다. 세금을 내지 않으면 협박을 했다. 협박이 통하지 않으면 매질을 했다. 매질을 견디지 못해 죽은 사람들도 있었다. 죽음도 끝은 아니었다. 박순성은 죽은 사람들의 가족에게 수고비를 더한 세금을 새로 부과했다. 삶과 죽음 모두 박순성 앞에서는 무력했다. 박순성이 싫으면 마을을 떠나야만 했다. 다른 마을로 가는 것은 답이 못 되었다. 그 마을엔 또 다른 박순성이 있을 테니까. 그러므로 마을을 떠난다는 건 집도 없이 여기저기 떠돌다 죽는다는 것을 의미했다. 마을 사람들에겐 선택권이 없었다. 살기 위해, 고향에서 목숨을 부지하기 위해 세금을 바쳤다. 먹을 것도 제대로 먹지 못하는 판에 있는 돈 없는 돈 다 긁어모아 세금을 바쳤다. 박순성이 걷은 세금은 나라를 부유하게 만들지도 못했다. 한 푼 빼놓지 않고 모조리 박순성의 뱃속으로 들어갔기 때문이다. 일본군이 마을을 점령했을 때 사람들은 고통을 겪으면서도 한 가지 사실에 대해서는 기뻐했다. 이제 박순성도 끝이다. 그놈도 고생길로 들어섰다. 그놈도 우리와 똑같은 처지가 될 것이다. 마을 사람들의 생각은 틀렸다. 박순성은 달라지지 않았다. 끝나지도 않았고 고생길로 들어서지도 않았다. 박순성은 상전이 누구이건 간에 여전히 잘 먹고 잘살고 있다. 그의 도둑질은 여전히 유망한 사업이다.

촌장이 울먹이면서 한 마지막 말을 나는 곧바로 울프에게 전하지 못했다. 순간 말문이 막혔기 때문이다. 울프의 채근을 받고서야 전했다.

"우리는 정말로 가난하다오."

울프가 노트에 마을 사람들이라고 적었다. 밑줄을 긋곤 아래에다 지독한 가난이라고 적었다. 울프가 물었다.

"내가 뭘 어떻게 하기를 원하십니까?"

"박순성을 만나 우리의 이야기를 전해 주시오."

"왜 내가 그런 일을 할 수 있다고 생각하십니까?"

"당신은 마 목사의 친구요. 마 목사라면 그렇게 했을 것이오."

"나는 마 목사의 친구지 마 목사는 아닙니다."

나는 울프의 말을 전하지 않았다. 나는 잠시 원칙을 깨기로 했다. 통역을 중단하고 울프에게 내 의견을 말했다.

"이 사람들의 말이 다 맞습니다. 박순성은 도둑놈 중의 도둑놈이라고요. 아무 일도 안 하면서 자기 배만 채우는 못된 양반 놈이라고요. 박순성 같은 놈들이 이 나라를 망치고 있습니다."

"나도 알아. 그 놈은 '양반'이지. 하지만 나는 이 일에 끼어들고 싶지 않다. 나는 전쟁을 취재하기 위해 온 것이지 해결사로 온 게 아니야. 이들의 사정은 안타깝지만 이 나라 내부의 일에 관여하고 싶지는 않아. 그러니 내 말을 전해."

"힘을 갖고 있잖아요?"

울프가 나를 보았다. 나도 울프를 보았다. 울프가 얼굴을 살짝 찡그리며 말했다.

"영 보이, 이건 좋은 방법이 아니야. 나를 자극하면 안 돼."

"도와주세요."

"영 보이, 이건 약속에 없던 일이야."

"같은 팀이니까 부탁하는 겁니다. 도와주세요."

울프가 말했다.

"영 보이, 내 약점을 찔렀구나."

"이번 한 번만 도와주세요."

"그럼 이렇게 전해. 생각을 해 보겠다고."

울프의 말을 촌장에게 전했다.

"걱정하지 않으셔도 된답니다. 곧 해결하겠답니다."

촌장이 자리에서 일어났다. 울프를 향해 깊이 허리를 숙였다. 울프도 같은 동작을 했다. 촌장은 마당에 내려선 후 다시 인사를 했다. 고맙다는 말도 했다. 은혜는 꼭 갚겠다는 말도 했다. 촌장이 떠난 후 울프가 고개를 갸웃하며 물었다.

"내가 한 말 그대로 전한 거 맞지?"

나는 네, 라고 대답했다.


마 목사의 이야기부터 해야겠다. 우리는 평양의 숭의 여학교에서 마 목사를 만났다. 선교사 C씨가 바로 마 목사였다. 콧수염을 멋지게 기르고 동그란 안경을 쓴 마 목사는 우리를 환대했다. 우리를 응접실로 안내하고 커피를 대접했다. 울프는 커피를 여러 잔 마셨다. 마시면서 계속 감탄했다. 지금껏 느껴 보지 못한 훌륭한 맛이라고 했다. 마 목사는 새로 온 선교사가 미국에서 가져온 것이라고 했다. 다른 커피에 비해 물에 잘 녹아서 부드럽고 깔끔한 맛을 낸다고 했다. 울프가 상식을 자랑했다. 울프는 남북전쟁에서 북군이 승리하는 데 커피가 큰 기여를 했다고 했다. 북군은 수통에 커피를 담아 수시로 마셨는데 그로 인한 각성 상태가 전쟁의 승패를 바꾸었다고 했다. 마 목사는 그런가요, 하지만 커피는 전쟁보다는 평화에 더 잘 어울리지요, 라고 말하고는 너털웃음을 지었다. 나는 입에만 대고 그대로 내려놓았다. 귀한 음료를 대하는 예의가 아닌 줄은 알았다. 그래도 어쩔 수가 없었다. 커피에선 사약 맛이 났다. 사약을 마셔 본 적은 없었다. 그럼에도 나는 사약 맛이라고 확신했다. 물도 술도 아닌 고약한 맛이 나는 액체를 뭐가 좋다고 마시는 건지. 마 목사는 친절했다. 설탕이 필요하냐고 물었다. 나는 괜찮다고 대답했다. 마 목사도 더 이상 권하지는 않았다.

　마 목사는 울프가 쓴 책을 갖고 있었다. 울프의 사인을 받고는 어린애처럼 기뻐했다. 둘의 초반 대화는 대부분 그 책에 관한 것이었다. 벽, 늑대, 생존, 고난, 힘 등의 단어가 반복해서 등장했다. 찰스 다윈이라는 사람에 대해서는 가벼운 설전도 벌어졌다. 과학과 종교를 비교하는 이야기도 나왔다. 아담, 우주, 창조, 진화 등의 단어도 등장했다. 그들의 대화를 따라가긴 어려웠다. 난 그저 속으로 이렇게 생각했을 뿐이다.

　'미국인들에게 늑대는 굉장히 중요한 동물인 게 분명해.'

　전쟁 이야기가 빠질 수는 없었다. 울프가 사사키 장군과의 면담 내용을 소개했다.

　"사사키 장군은 인품이 훌륭한 사람이었습니다. 수염도 멋진 분이었습니다. 어법에 대해서는 판단하지 못하겠습니다. 사사키 장군은 안주로 가기 원하면 가도 된다고 하더군요. 하지만 가지 않을 수 있다면 가지 않는 게 더 좋다고 하더군요. 그렇지만 안주로 가야 한다고 생각하면 가도 된다고 다시 번복하더군요. 안전은 최대한 보장하겠지만 안전하지 않을 수도 있다는 단서를 달고서요."

　우리가 결국 안주에 가지 못하고 순안에서 발이 묶였다는 건 이미 말한 바 있다. 마 목사는 일본인들은 늘 그런 식의 모호한 어법을 구사한다고 말했다. 일본인들의 진짜 속마음을 파악하려면 심리학자 1개 사단은 필요할 것이라고 말했다. 울프가 웃으며 동의했다. 마 목사는 결국은 일본이 전쟁에서 승리할 것이라고 예상했다.

"일본은 오랫동안 전쟁을 준비했습니다. 일본은 우리가 생각하는 것보다 훨씬 강합니다."

울프가 심각한 표정으로 동의했다. 울프는 '그렇지만'이라는 단어로 시작하는 문장으로 일본의 비겁함을 지적하기도 했다.

"일본은 선전포고도 하지 않은 상태에서 러시아 순양함을 공격했습니다. 승리에만 집착한 나머지 해서는 안 되는 행동을 한 것입니다."

마 목사는 러시아인들을 칭찬했다.

"러시아인들은 더 이상 대포를 쏠 수 없게 되자 결단을 내렸습니다. 전사한 병사들의 시체를 선장실에 쌓은 후 스스로 순양함을 폭파시켰습니다. 그들은 자신들의 전우들과 배가 일본에 유린당하는 꼴을 보고 싶어 하지 않았습니다. 그 현장을 보았던 이들이 알려 준 내용이 있습니다. 배가 침몰하는 순간엔 태양도 빛을 잃었답니다. 바람도 멈추었답니다. 커다란 폭발이 있었는데 현장에 있던 이들 중 다친 사람은 아무도 없었답니다. 내 생각엔 하느님께서 자신의 존재를 잠시 드러내신 것입니다. 그들 모두를 애통하게 여긴다는 뜻을 보이신 겁니다."

울프가 후일담을 전했다.

"프랑스 군함 파스칼 호가 살아남은 병사들을 구조했습니다. 마

르세유항에 도착한 병사들은 엄청난 환영을 받았습니다. 깡패처럼 갑자기 싸움을 걸어온 황인종에게 굴복하지 않은 진짜 영웅들이니까요."

마 목사가 말했다.

"안타까운 건 조선인들입니다. 선량한 조선인들이 엉뚱한 피해를 보고 있습니다."

울프가 말했다.

"그렇지요. 안타까운 일이기는 합니다. 조선인들 스스로 자초한 면도 있지만 말입니다."

마 목사가 내게도 관심을 보였다는 말을 지금이라도 하는 게 좋겠다. 마 목사는 나와 악수를 나눈 후 내 이름을 물었다. 만영이라고 대답했다. 마 목사가 고개를 갸웃했다. 굉장히 친숙한 이름이라고 했다. 내가 말했다.

"조만영이라는 양반이 있었습니다. 왕보다도 더 큰 권력을 누렸던 사람입니다. 오래전에 죽었습니다. 하지만 그를 기억하는 이들은 아직도 많이 있습니다. 내 이름은 그 사람의 이름에서 온 것입니다. 그 사람처럼 되기를 바라는 마음이 담겨 있지요. 하지만 그 사람은 조만영이고 나는 김만영입니다."

마 목사가 손뼉을 쳤다.

"이제 생각났습니다. 지난번 서울에 들렀을 때 여러 선교사들을 만났습니다. 그중 서너 명의 입에서 만영이라는 이름이 나왔습니다."

기대앉았던 울프가 몸을 똑바로 세우고 물었다.

"뭐라고들 하던가요?"

"만영이라는 조선인이 있는데 정말로 똑똑한 아이라고 하더군요. 자신들이 만난 조선인 학생 중 가장 영어를 잘하는 아이라고 합니다. 조선에 이런 표현이 있지요, 하나를 가르쳐 주면 열을 안다는. 만영이 바로 그런 아이라고 합니다. 한 선교사는 만영을 자기 자식으로 삼으려고까지 했습니다. 입양을 한 후 미국에 보내 공부를 시키려고까지 했습니다. 만영에게는 부모가 없었다는 사실부터 말하는 게 순서겠군요. 만영의 부모는 죽었습니다. 십년 전 남부 지방에서 농민들이 반란을 일으킨 적이 있습니다. 만영의 부모도 가담했습니다. 농민군은 처음에는 기세가 등등했습니다. 조선어로 대나무도 쪼갤 기세였습니다. 일본군이 개입하자 사기가 완전히 꺾였습니다. 일본군은 농민들을 반역자로 간주하고 마구 죽였습니다. 지나치게 많이 죽였습니다. 만영의 부모도 일본군 손에 죽었습니다."

마 목사가 말을 멈추고 나를 보았다. 내가 말했다.

"나는 목사님이 들은 만영이 아닙니다. 나는 그렇게 똑똑하지 않습니다. 게다가 만영이란 이름은 흔합니다. 아까 말씀드렸듯 좋은 이름이니까요. 열에 한두 명은 만영입니다."

울프가 마 목사에게 물었다.

"그 선교사가 만영을 입양하지 않은 이유는 무엇입니까?"

마 목사가 머뭇거렸다. 울프가 괜찮다고 했다. 여기 있는 만영에 겐 부모가 있다고 했다. 채용하기 전에 서울에서 만나 보았다고 했다. 마 목사가 대답했다.

"만영에겐 좋지 않은 버릇이 있었습니다. 돈이나 물건을 훔치는 버릇이요. 어릴 때 겪었던 일 때문일 겁니다. 편을 드는 건 아닙니다. 잘못은 잘못이니까요. 만영이 훌륭한 재능을 지녔음에도 여러 선교사를 거친 이유기도 하지요. 한 선교사에게서 훔친 후 다른 선교사에게 가고, 그 선교사에게서 훔친 후 또 다른 선교사에게로 가는 식이었지요. 만영을 입양하려던 선교사는 그 나쁜 버릇을 다 알고 있었습니다. 그럼에도 자기 자식으로 삼으려고 했습니다. 미국의 우수한 교육이 만영을 인간으로 만들 수 있다고 확신했습니다. 만영도 좋다고 했습니다. 미국에서 새 인생을 시작하고 싶다고 했습니다. 하지만 어느 날 밤 도망갔습니다. 아무 말도 하지 않고, 메모 한 장 남기지 않고 사라져 버렸습니다. 다행히 아무것도 훔치지는 않았다고 하더군요."

헤어지기 전 마 목사가 울프에게 말했다.

"혹시라도 조선 사람들과 문제가 생기면 마 목사를 아느냐고 물어보십시오. 하느님이 도우시고 약간의 운이 작용한다면 문제가 저절로 해결될 수도 있을 겁니다."

촌장을 보낸 울프는 다시 쪽마루에 앉았다. 내려놓았던 노트와 연필을 다시 들었다. 울프는 아무 이야기도 듣지 못한 사람처럼 기록에만 열중했다. 나는 마루에 앉아 울프가 일을 마치기를 기다렸다. 울프의 얼굴은 진지했다. 조선이 아닌 다른 세상에 가 있는 사람 같았다. 태평양, 클론다이크, 시모노세키 등의 지명이 떠올랐다. 내가 가 보지 못한 곳들. 갈 수도 없는 곳들. 괜히 마음이 조급해졌다. 그러나 울프를 방해해서는 안 된다. 바람이 불어왔다. 못 견딜 정도로 차갑지는 않았다. 햇빛과 함께 맞으면 그럭저럭 견딜 만했다. 북쪽 지방의 겨울도 서서히 끝나 가고 있었다. 짧은 봄은 갑자기 올 것이다. 어느 날 바람은 따뜻해질 것이고 꽃들이 피어날 것이었다. 실감은 나지 않았다. 곧 닥칠 일이 머나먼 타국의 따뜻한 동화처럼 비현실적으로 느껴졌다. 눈을 감았다. 졸음이 오지 않는 머릿속에서 울프의 목소리가 들렸다. 울프가 손바닥으로 이마를 치며 말했다.

"'10리'라는 말, 한 번만 더 들었다간 내 머리가 돌아 버리고 말 거야."

순안에 도착하기 전날 밤이었다. 우리의 여정은 꽤 험난했다. 추위와 바람과 빙판은 여전했다. 말까지 말썽을 부렸다. 빙판에서 춤을 추던 말 한 마리의 편자가 빠져 버렸다. 예비 편자는 갖고 있었다. 혹시나 해서 내가 준비해 두었던 것이다. 울프는 나를 칭찬했다. 사탕이 아닌 편자를 주머니에 넣고 다니는 보이는 본 적이 없다고 했다. 그러나 그것으로 문제가 해결되지는 않았다. 우리가 갖고 있는 도구로는 징을 박을 수가 없었다. 대장장이의 손을 빌려야만 했다. 마을로 들어가 대장장이의 소재를 물었다. 10리만 더 가면 된다는 답이 돌아왔다. 우리는 그 말을 믿었다. 10리를 더 간 후 만난 마을로 들어가 물었다. 똑같은 대답이 돌아왔다. 10리만 더 가시오. 속는 셈치고 10리를 더 갔다. 대장장이는 없었다. 편자 빠진 말을 끌고 10리를 더 가는 것은 무리였다. 우리의 문제를 해결해 준 건 일본군이었다. 일본군 행렬이 지나갔는데 없는 것 빼고 다 있는 그 행렬엔 대장장이도 있었던 것. 처음에 일본군은 우리를 도우려 하지 않았다. 울프는 사사키 장군의 이름을 팔았다. 인품과 수염이 훌륭한 장군의 위력은 대단했다. 일본군은 아예 행군을 잠시 중단했다. 편자 빠진 말은 물론이고 나머지 말들의 상태도 점검해 주었다. 울프는 떠나가는 일본군을 향해 승리를 기원한다고 큰 소리로 말했다. 편자 문제는 그렇게 해결되었다. 얼마 후 날이 저물었다. 우리는 마을에서 숙소를 찾기로 했다. 대장장이에 대해 물었을 때와 똑같은 대답이 돌아왔다. 10리만 더 가시오. 거짓말 같지는 않았다. 일본군이 있었기 때문이다. 울프는 조선인들을 위해 10리를 더 가기로 했다. 10리 행군 후 만난 마을로 들어가 물었다. 여전히 똑같은 대답이 나왔다. 10리만 더. 울프가 빙긋 웃었다. '10리'를 말했던 남자의 목덜미를 잡았다. 어눌한 조선어로 물었다.

"정말 없소?"

남자가 손을 뿌리치며 대답했다.

"정말 없다. 이 개새끼야."

남자가 한 욕은 울프가 이미 알고 있는 조선어였다. 서울을 떠난 이후 수없이 들었기 때문이다. 사람들은 울프의 면전에서, 좌우에서, 등 뒤에서 개새끼를 말했다. 울프가 궁금해 하며 뜻을 묻기에 사실대로 말했다.

"조선인들이 할 수 있는 가장 심한 욕입니다."

울프가 이유를 물었다. 나는 논리적으로 설명했다.

"조선인들은 조상을 숭배합니다. 잘되고 못 되는 건 조상을 제대로 모시는 일에 달려 있다고 여깁니다. 조선인들에게 개새끼라는 건 조상이 개라는 것입니다. 이보다 심한 욕은 없습니다."

욕을 들은 울프가 한 번 더 빙긋 웃었다. 울프는 남자를 밀쳤다. '개새끼'를 정확하게 발음하며 거칠게 문을 열었다. 비명 소리가 들렸다. 10여 명의 사람이 마당에 나와 벌벌 떨고 있었다. 노인과 아이와 여자들이었다. 무너져 가는 집은 그들이 머물기에도 좁았다. 남자가 말했다.

"왜 내 말을 안 믿는 거요? 정말 없다고 하지 않았소?"

말없이 돌아서는 울프의 등에 대고 남자가 말했다.

"안쪽 길로 가면 큰 집이 하나 있소. 잘난 양반의 집이니 마구간과 방이 있을 것이오."

남자의 정보는 정확했다. 어둠을 뚫고 마을 안쪽 길을 따라 가니 양반의 집이 나타났다. 보기에도 그럴듯한 집이었다. 중년의 양반은 우리의 숙박을 허락했다. 공짜는 아니었다. 은화를 요구했다. 일반 숙소의 몇 배는 되는 값이었다. 양반에게 예의에 어긋나는 행동이 아닌지 물었다. 양반은 내 말을 무시했다. 똥개 보듯 위아래로 훑곤 울프의 반응만 살폈다. 울프는 흥정하지 않았다. 양반이 요구하는 은화를 기꺼이 지불했다. 양반은 은화를 꼼꼼히 센 후 방을 내주었다. 행랑으로 쓰이던 곳이었다. 방은 좁고 더러웠다. 돗자리도 없었다. 나는 하인의 도움을 받아 청소를 하고 종이와 담요를 깔았다. 양반은 식사도 제공했다. 고봉밥과 신 김치가 전부였다. 막걸리를 요청했지만 미지근한 숭늉이 왔다. 따지기엔 너무 피곤했다. 우리는 허겁지겁 먹어 치우곤 잠을 청했다. 다음 날 아침에 문제가 발생했다. 출발하기 직전 마부는 말들에게 덮어 주었던 담요 전부가 없어졌다는 사실을 보고했다. 나는 그 사실을 울프에게 알렸다. 울프는 양반을 불렀다. 양반은 울프더러 오라고 했다. 울프는 다시 양반을 불렀다. 양반은 느릿느릿 걸어서 왔다. 울프가 말했다.

"담요가 없어졌소."

양반이 말했다.

"나는 모르는 일이오."

"당신 집에서 일어난 일이오."

"모른다고 했지 않소."

"정말 모르오?"

"양반은 그런 사소한 일에 관여하지 않소."

울프는 말에 올라탔다. 고개를 저었다. 말에서 다시 내렸다. 양반에게 말했다.

"5분을 주겠소. 담요를 찾아내시오."

양반은 대답하지 않았다. 울프가 손바닥을 펴며 양반 얼굴 가까이 대며 말했다.

"5분이오."

양반은 울프의 얼굴을 노려보았다. 울프는 그의 시선을 피하지 않았다. 양반이 하인들을 불러 명령을 내렸다.

"찾아보기는 해라."

하인들이 바쁘게 움직이며 집안을 뒤졌다. 성과는 없었다. 양반이 말했다.

"담요는 없소."

울프가 빙긋 웃었다. 양반도 웃었다. 울프가 양반을 팔꿈치로 밀쳤다. 양반이 넘어졌다. 울프는 진흙 범벅이 된 양반을 일으켜 세웠다. 울프가 목덜미를 잡고 말했다.

"5분을 더 주겠소. 마지막 경고요."

양반이 옷에 묻은 진흙을 털며 하인들에게 목소리를 높였다. 하인들이 다시 집안을 뒤졌다. 성과는 있었다. 하인 중 하나가 담요를 가져왔다. 담요를 본 양반이 잔뜩 흥분하며 외쳤다.

"저놈이 훔쳤군."

그것은 일종의 신호였다. 다른 하인들이 담요를 가져온 하인에게 달려들었다. 주먹질과 발길질이 이어졌다. 담요를 찾아온 하인은 저항도 하지 못했다. 울프는 아무 말도 하지 않았다. 양반이 몸을 돌려 자리를 떠나려 했다. 나는 양반을 그냥 보내지 않았다. 양반에게 달려들었다. 양반의 머리를 잡아당겼다. 탕건이 벗겨졌다. 상투가 나타났다. 나는 상투를 잡아 양반을 제압했다. 양반이 또다시 진흙 바닥에 처박혔다. 양반이 저항했다. 양반은 내 힘을 당해내지 못했다. 하인들의 주먹질과 발길질이 멈췄다. 하인들은 아무말도 하지 않았다. 고요가 찾아왔다. 울프가 클론다이크의 눈 내리는 겨울에 느꼈던 소름 끼치는 고요가 조선에 찾아왔다. 조선은 클론다이크가 아니었다. 양반은 울프가 못 되었다. 고요는 오래 지속되지 않았다. 양반이 몸을 꿈틀대며 애원했다. 잘못했으니 살려 달라고 빌었다. 양반의 호소에서는 진심이 느껴지지 않았다. 상투를 잡은 손에 힘을 주며 말했다.

"너 같은 놈들이 나라를 망치고 있어."

울프와 눈이 마주쳤다. 나는 내가 했던 말을 후회했다. 행동을 뉘우쳤다. 상투를 놓았다. 양반은 몸을 일으킨 후 뒤로 물러났다. 은화를 꺼내 돌려주려 했다. 울프는 고개를 저었다. 우리는 양반의 집을 떠났다. 우리와 양반은 서로가 원하는 것을 얻었다. 우리는 담요를 되찾았고 양반은 진흙 세례에서 벗어났다.

울프는 한때 부랑자로 살았다고 했다. 물개잡이 배에서 내린 울프는 기술 보유의 중요성을 깨달았다. 기술자가 되기로 결심했다. 발전소에서 모집하는 훈련생 자리에 지원했다. 합격했다. 훈련생, 이름은 그럴 듯했다. 막상 한 일은 석탄을 나르는 단순노동이었다. 울프는 긍정적으로 생각했다. 일종의 시험으로 여겼다. 주어진 일을 성실하게 잘 해내면 기술을 배울 수 있을 거라고 스스로를 위안했다. 울프는 기계처럼 일했다. 울프는 젊었고 기계의 성능은 뛰어났다. 몇 달 후 노력의 대가를 받았다. 발전소는 울프에게 새로운 제안을 했다. 지금보다 조금만 더 열심히 일한다면 임금을 50퍼센트 올려주겠다고 했다. 거절할 이유가 없었다. 제안이라기보다는 칭찬이었다. 인정이었다. 울프는 기쁘게 수락했다. 진심이 통한 느낌이었다. 밝은 미래가 기다리고 있는 느낌이었다. 다음 날 출근한 뒤에야 진실을 알게 되었다. 함께 일하던 중년의 노동자가 보이지 않았다. 해고된 것이었다. 발전소로선 일거양득이었다. 생산량은 전혀 줄지 않았는데 그들이 지불해야 할 돈은 줄어들었다. 울프는 억울한 기분에 사로잡혔다. 부당한 것 아니냐고 따지고 싶었다. 방법은 없었다. 불만을 토로하면 어떻게 될까? 발전소가 할 말은 뻔했다. 싫으면 나가라고 할 것이었다. 울프 말고도 훈련생 자리를 노리는 사람은 많았다. 몇 주 후 울프는 해고된 노동자가 자살했다는 소식을 들었다. 울프는 발전소를 그만두었다. 울프는 지쳤다. 여행을 하기로 마음을 먹었다. 몸과 마음을 충전하는 여행과는 거리가 멀었다. 돈은 한 푼도 없었다. 울프는 스스로를 여행자로 여겼으나 실은 부랑자였다. 여행자, 부랑자의 길을 걷게 된 또 다른 이유도 설명해야 할 것 같다. 물개잡이 배 선원에서 발전소 훈련생으로 신분을 바꿨을 때 하나의 사건이 더 발생했다. 울프는 물개잡이 배에서의 체험을 바탕으로 글을 썼다. 여러 잡지사에 보냈다. 가장 규모가 작은 잡지사에서 그 글을 샀다. 울프 생애 처음으로 글을 써서 돈을 번 것이다. 사람들은 이름도 모르는 잡지사였다. 울프의 글은 문법에도 맞지 않게 마구 수정된 채 잡지에 실렸다. 상관없었다. 울프는 자신이 뉴욕타임스에 글을 실었다고 여겼다. 울프에게도 희망이 생겼다. 희망은 울프의 하루를 더 바쁘게 만들었다. 낮에는 발전소에서 일했고, 밤에는 글을 썼다. 발전소에서 번 돈의 대부분은 어머니 손으로 들어갔다. 용돈으로 남겨 둔 돈은 원고를 부치는데 썼다. 울프는 작은 잡지사를 상대로 얻은 성과를 과잉 해석했다. 문법을 아는 다른 잡지사에서도 자신의 글을 사리라 기대했다. 사지 않고는 못 배기리라 여겼다. 울프의 생각은 틀렸다. 한두 군데에서 온 거절 편지가 전부였다. 나머지 잡지사에서는 가타부타 말도 없이 원고만 돌려보냈다. 요약하자면 여행을 결심한 그때 울프는 두 개의 죽음을 보았다. 함께 일하던 노동자는 자살했고 잠을 아껴 가며 썼던 글은 재로 변했다. 울프가 말했다.

"공짜로 기차 여행하는 법을 알려줄까? 간단해. 기차에 뛰어오르기만 하면 돼. 객실 문을 열고 어깨를 펴고 느리게 걷다가 빈자리에 앉으면 돼. 여유를 가지되 잠을 청해서는 안 되지. 승무원들이 수시로 돌아다니며 차표를 검사하거든. 승무원의 발걸음이 들리면 어떻게 하냐고? 재빨리 일어나서 다음 칸으로 가면 돼. 승무원이 양쪽에서 동시에 다가오는 경우도 있어. 꼼짝없이 잡히는 거 아니냐고? 그렇지 않지. 그때 객실을 나와서 지붕으로 올라가면 돼. 게으른 승무원들은 지붕까지 검사하지는 않으니까. 지붕이라고 백퍼센트 안전한 것은 아니야. 한 번은 물벼락을 맞은 적이 있지. 불을 떼는 화부 놈이 호스를 들고 물을 뿌리더라니까. 승무원도 아닌 주제에. 자기도 나와 다를 것이 없는 처지에. 아주 운이 없는 경우도 가끔은 있기 마련이야. 그럴 때는 꼼짝없이 승무원에게 붙잡혀 호되게 맞고 쫓겨나게 되지. 놀랄 건 없어. 대부분은 괜찮았어. 나는 그렇게 기차를 타고 미국을 떠돌았어."

울프는 부랑 여행의 소득을 한 문장으로 정리했다.

"진짜 미국을 보았지."

울프가 본 미국은 부랑자의 나라였다. 부랑자는 어디에나 있었다. 도시에도 있었고, 교외에도 있었고, 시골에도 있었고, 기차에도 있었고, 공원에도 있었고, 화장실에도 있었고, 역에도 있었고, 빌딩가에도 있었고, 주택가에도 있었고, 상점가에도 있었고, 교회에도 있었고, 병원에도 있었고, 뉴욕에도 있었고, 샌프란시스코에도 있었고, 켄터키에도 있었고, 유타에도 있었고, 나이아가라폭포에도 있었다. 세상은 부랑자를 벌레처럼 대했다. 울프는 부랑자가 싫지 않았다. 그들에게 다가가 많은 이야기를 나누었다. 한때 그들은 울프 같던 사람들이었다. 울프처럼 금발머리를 흩날리는 백인들이었고, 울프처럼 근육을 자랑하던 청년들이었고, 울프처럼 배를 타거나 공장에서 일하던 노동자들이었고, 울프처럼 공부를 하거나 책을 읽던 학생들이었다. 젊고 아름답고 강인했던 그들은 늙고 병든 말로 퇴화했다. 쓰레기통을 뒤져 끼니를 때우고, 상점에서 술을 훔쳐서 마시고, 동전 한 닢에 몸을 팔고, 공원 벤치에서 신문지를 덮고 잠을 청했다. 그들의 금발은 빛이 바랬고, 이빨은 빠지

거나 썩었고, 손발은 부러지거나 사라지거나 떨렸다. 그들은 울프에게 좋았던 시절과 비참한 현실을 무용담처럼 들려주었다. 울프는 중요한 사실을 깨달았다. 그들은 울프였다. 크리스마스의 유령이었다. 울프의 과거였던 그들은 울프에게 미래를 보여 주었다. 기계처럼 일하는 삶의 결말은 정해져 있었다. 육체를 사용하는 일은 구덩이를 파는 것과 같았다. 일을 하면 할수록 구덩이는 더 깊어졌다. 몸을 움직이는 한 빠지지 않고 매달릴 수 있었다. 어느 순간 고장 나면 그것으로 끝이었다. 자신이 판 구덩이에 그대로 묻히게 되

는 것이다. 깨끗한 시스템! 완벽한 시스템! 울프는 나이아가라폭
포를 구경하러 갔다 부랑자 생활을 마감했다. 스스로의 의지에 의
한 것은 아니었다. 울프가 말했다.

"폭포를 구경하는 데에도 돈을 내야 하더라고. 정신 나간 놈들.
하느님이 관광업자들 배를 불리려고 폭포를 만들었나? 나는 내 스
타일을 고수했지. 매표원의 눈길을 피해 몰래 들어갔지. 경찰이 있
었어. 경찰이 나를 붙잡고 말하더군. 나 같은 놈을 잘 안다고. 그
말의 사실 여부는 모르겠어. 나는 나일뿐이니까. 경찰은 나를 끌고
가서 취조했어. 졸지에 장발장이 된 기분이더군. 난 그냥 폭포를
보고 싶어 했을 뿐인데. 표 한 장 구입하지 않은 게 내가 지은 죄의
전부였는데."

울프는 재판에 넘겨졌고 30일 징역형을 선고받았다. 손에는 수
갑을, 발에는 사슬을 선물받았다. 형무소장도 선물 행렬에 동참했
다. 울프의 머리카락을 자르고 수염을 밀었다. 선물의 마지막은 줄
무늬 옷이었다. 울프는 대부분의 날을 노동으로 보냈다. 울프의 뇌
리에 남은 건 노동하지 않았던 어느 하루였다. 노동하지 않았던 그
날 의사들이 형무소를 방문했다. 사실 그들은 의사가 아니었다. 대
학생들이었다. 실습생들이었다. 울프는 그들에게 실습 대상으로
제공되었다. 울프는 주사를 여러 대 맞았다. 어떤 주사는 울프를
추위에 떨게 했고, 어떤 주사는 울프를 흥분하게 만들었고, 어떤
주사는 아무런 반응도 일으키지 않았다. 울프에게 더 충격적이었

던 것은 주사가 아니라 그들의 눈길이었다. 그들은 짐승을 보듯 울프를 보았다. 벌레를 보듯 울프를 보았다. 몇 년 후 울프는 대학에 들어갔다. 그들의 눈길을 잊지 못해서였다. 울프는 대학에 들어가자마자 그만두었다. 이유는 같았다. 그들의 눈길을 잊지 못해서였다. 울프가 말했다.

"형무소에서 나온 나는 집으로 돌아왔어. 도서관을 다니며 닥치는 대로 책을 읽었어. 그 결과 나는 사회주의자가 되었어. 수단과 방법을 가리지 않고 사회를 바꿔야 한다는 신념을 지닌 과격한 사회주의자가 되었어."


울프가 연필을 내려놓았다. 노트를 덮었다. 다른 세상에 가 있던 울프가 다시 조선으로 귀환했다. 울프는 기지개를 켰다. 손으로 눈가를 꾹꾹 눌렀다. 낮은 한숨을 토해 냈다. 울프의 눈이 나와 마주쳤다. 드디어 기회가 왔다. 울프에게 물었다.

"박순성은 어떻게 하실 겁니까?"

울프는 내 질문에 대답하지 않았다. 베레모를 벗어서 마루에 탁탁 쳤다. 냄새를 맡고 먼지를 관찰했다. 그의 표정은 진지했다. 울프에게 말했다.

"박순성은 못된 양반입니다. 본때를 보여 줘야 합니다."

울프는 내 말에 반응하지 않았다. 트위드 재킷을 손바닥으로 문질렀다. 먼지를 후후 불었다. 울프에게 말했다.

"사회를 바꿔야 한다면서요."

울프가 반응을 보였다. 울프가 물었다.

"영 보이, 너는 사회주의자냐?"

"그런 건 모르겠습니다."

"영 보이, 조선에서 나는 사회주의자가 아니다."

"며칠 전에 한 말과 다르지 않습니까?"

울프가 베레모를 쓰며 말했다.

"다르지 않다. 나는 미국에서는 사회주의자지만 조선에서는 사회주의자가 아니다. 사회주의 이론은 조선 같은 미개한 나라에는 적용이 되지 않는다."

"그게 무슨 말입니까?"

"지금의 조선은 운명에 순응하는 게 더 좋을 수도 있다는 뜻이다."

"그게 무슨 말입니까? 가만히 당하고만 있으라는 말입니까?"

울프는 대답하지 않았다. 검지를 흔들어 보이곤 마루에 드러누웠다. 울프의 코 고는 소리가 우리의 모호한 문답을 강제로 끝냈다.

# 4. 적자생존의 법칙

## 1904. 3. 20. 13:35

순안 남쪽에 자리한 일본군 야전 병원을 방문했다. 영국인 의사가 울프를 맞이했다. 일본군 군의관으로 일하는 의사였다. 울프는 인사를 나누자마자 의사에게 하소연했다.

"전쟁을 취재하러 왔습니다. 정작 전쟁이 벌어지고 있는 곳엔 가 보지도 못했습니다."

의사가 웃으며 대답했다.

"잘못 오셨군요. 여기에도 전쟁은 없습니다. 죽은 병사도 없고 팔다리가 잘린 병사도 없습니다. 이곳에 오는 병사들은 조선의 거친 들판이나 바위투성이 산에서 훈련을 받다가 다친 병사들입니다."

울프가 물었다.

"그럼 전쟁은 어디에 있습니까?"

의사가 하늘을 가리키며 대답했다.

"그건 하느님만 아시겠지요."

울프는 20세기의 전쟁은 참 이상하다고 했다. 20세기 이전까지의 전쟁은 말 그대로 전쟁이었다. 전쟁이 시작되면 양측은 정면으로 충돌했다. 힘과 힘을 겨루었다. 한쪽이 항복할 때까지 싸웠다. 때론 하루가 걸렸고, 때론 한 달이 걸렸고, 때로 1년이 걸렸고, 때론 백년이 걸렸다. 전쟁은 인간의 육체를 재료로 어느 한쪽이 포기할 때까지 계속 타올랐다. 결과는 명확했다. 이긴 쪽은 모든 것을 가졌고 진 쪽은 모든 것을 잃었다. 20세기에 들어서면서 전쟁의 양상은 달라졌다. 전쟁이 시작되긴 했으나 싸우는 날보다 싸우지 않는 날이 더 많았다. 힘과 힘을 겨룬다기보다는 투자의 효율성과 정보의 총량을 비교하는 형국이었다. 전쟁은 전쟁터에서만 벌어지지 않았다. 특급 호텔에서의 협상이 물리적인 전쟁을 대신하기도 했다. 이기고 지는 것의 정의도 달라졌다. 전쟁을 구경하던 쪽이 당사국들을 제치고 승리자가 되는 경우도 빈번하게 발생했다. 의사가 말했다.

"이 전쟁도 이상하긴 마찬가지입니다. 러시아와 일본이 조선을 무대로 대결을 벌이고 있으니까요. 세계열강은 자신들의 이익에 부합하는 쪽에 판돈을 걸고 흥미롭게 결과를 지켜보고 있으니까요. 불쌍한 조선인들이 이 전쟁의 의미를 제대로 이해나 하고 있는지 모르겠습니다. 국토는 유린당하고 나라는 노름의 대상이 되고 있습니다. 조선인들은 이중으로 피해자인 셈입니다."

울프가 말했다.

"조선인들이 안다고 해도 손쓸 방법은 없겠지요. 중요한 건 힘입니다. 스스로의 운명을 결정할 수 있는 힘이 없어서 생기는 일입니다."

전쟁은 없어도 취재는 해야 했다. 울프는 의사가 병사들을 진료하는 광경을 지켜보기로 했다. 첫 번째 병사가 들어왔다. 전투화와 양말을 벗고 발을 들었다. 울프가 오 마이 갓을 외쳤다. 양쪽 엄지발가락의 발톱이 절반 이상 떨어져 나갔다. 발바닥엔 동전 만한 상처 자국이 여럿 있었다. 의사는 담담했다. 상처에 연고를 바른 후 반창고를 붙였다. 병사가 신음 소리를 냈다. 이 정도 상처를 견디지 못하다니, 군인답지 않습니다. 일본인 통역이 의사의 말을 전했다. 병사의 얼굴이 빨개졌다. 병사는 의사에게 사과했다. 두 번째 병사가 들어왔다. 이번에도 발이었다. 상처는 조금 전 보았던 병사보다 더 심했다. 새끼발가락이 구부러져서 푸르게 변했다. 물집이 잡힌 뒤꿈치에서는 진물과 피가 함께 흘렀다. 발바닥 전체엔 피멍이 들었다. 피를 닦고 연고를 바르고 반창고를 붙였다.

"행군 경험이 부족해서 다친 겁니다. 훈련을 반복하다 보면 익숙해질 겁니다. 그때까진 정신으로 육체를 다스리세요." 병사는 수긍하듯 고개를 끄덕였다. 세 번째 병사가 들어왔다. 역시 발이었다. 똑같은 처치가 이루어졌다. 눈치를 보던 병사가 물었다.

"오후 훈련에 빠질 수 없겠습니까?"

"지금은 전쟁 중입니다. 게다가 당신의 증상은 휴식을 필요로 할 정도로 심하지 않습니다."

병사가 나가자 의사가 울프를 보며 말했다.

"훈련소엔 아직 어린 병사들이 많습니다. 그래서 가끔은 나약한 반응을 보이기도 합니다. 훈련이 필요한 이유입니다. 훈련은 육체는 물론 정신에도 도움이 되니까요."

울프는 말없이 고개만 끄덕였다. 울프는 45분을 머물렀다. 대부분의 환자는 발이 아파서 온 병사들이었다. 두통, 복통을 호소하는 병사가 한두 명 있었을 뿐이었다. 처치는 빠르게 이루어졌다. 병사들의 요청은 대부분 받아들여지지 않았다. 열 몇 번째인가의 환자가 나간 후 의사는 잠깐 쉬겠다고 했다. 울프는 자리에서 일어났다. 가 봐야 할 것 같다고 말했다. 의사가 말했다.

"언제든 오세요. 저한테 아일랜드 위스키가 한 병 있습니다."

울프가 말했다.

"고맙습니다. 하지만 다시 올 것 같지는 않군요."


병원을 나온 울프를 거리의 개들이 바라보았다. 울프는 쪼그리고 앉아 손을 내밀었다. 개들은 꼬리만 흔들었을 뿐, 주저했다. 휘파람을 불었다. 용감한 개 두세 마리가 꼬리를 빠르게 흔들며 울프 바로 옆까지 다가왔다. 한 마리가 손바닥을 핥았다. 나머지 개들도 합류했다. 울프는 개들의 머리를 쓰다듬었다. 한 놈이 배를 드러내고 누웠다. 나머지 개들도 따라했다. 그 바람에 흙탕물이 튀었다. 울프가 뒤로 물러났다. 개들은 울프를 놓아주지 않았다. 곧바로 달려들어 손바닥을 핥거나 드러누웠다. 울프는 피하지 않았다. 울프가 웃으며 물었다.

"이 개들을 뭐라고 부른다고 했지?"

"똥개입니다."

"왜 그런 이름이 붙은 거지?"

"똥처럼 널려 있습니다. 똥을 먹기도 합니다."

울프가 고개를 저었다.

"'똥개'라니. 명예롭지 못한 이름이야."

나는 아무 말도 하지 않았다. 똥개와 명예를 연결 지어 생각해 본 적은 없었다. 울프가 물었다.

"조선인들은 개를 잡아먹는다지?"

"네."

"먹어 봤나?"

"네."

"맛은 어때?"

"맛있습니다."

"개를 잡아먹는 것, 어떻게 생각하나?"

"생각해 본 적 없습니다."

"개를 죽이기 전에 몽둥이로 때린다면서?"

"네."

"왜 때리는 건가?"

"고기 맛이 좋아진다고 합니다."

울프가 얼굴을 살짝 찡그리며 말했다.

"미개한 풍습이라고 말하는 이들이 꽤 많더군. 난 그렇지 않아. 조선인들이 개를 잡아먹는 건 유럽인들이 양을 잡아먹는 것과 다를 바가 없어. 비난하고 안 하고 할 것도 없지. 내가 말하고자 하는 건 개들이야. 지금 내 앞에 있는 개들, 이 떠돌이 개들."

울프는 똥개가 크기와 표정에서 클론다이크의 개와 닮았다고 했다. 삶은 전혀 다르다고 했다. 클론다이크의 개는 썰매를 끌고 똥개는 잡아먹힌다고 했다. 클론다이크의 개는 일을 하고 존중을 받는데 똥개는 전혀 그렇지 못하다고 했다. 울프는 자신의 글에 클론다이크의 개를 자주 등장시켰다고 했다. 클론다이크의 개는 단순한 개가 아니라 친구이자 가족이라고 했다. 클론다이크의 개는 자연의 일부지만 문명의 일부기도 하다고 했다. 울프는 자신이 똥개를 무시하는 것으로 오해하지는 말라고 했다. 똥개는 클론다이크의 개보다 더 강한 존재일 수도 있다고 했다. 생존의 위협을 이겨 내고 살아남은 경이로운 존재들로 볼 수도 있다고 했다. 울프는 조선인들은 어떤 면에서는 똥개보다 못하다고도 했다. 울프는 동의를 구하듯 내 얼굴을 살폈다. 나는 아무 말도 하지 않았다. 울프가 화제를 바꾸었다.

"돼지 같은 영국인 의사 놈, 참 형편없는 인간이지?"

그렇다고 대답했다. 울프의 의견에 모두 동의하는 것은 아니었다. 영국인 의사의 체형은 보통이었다. 그렇다고 질문을 분리해 대답하고 싶지는 않았다. 영국인 의사가 돼지보다 더 형편없는 놈인건 분명했다. 그는 인간이 가져야 할 동정심을 조금도 보유하고 있지 않았다. 갑자기 개들이 몸을 반대편으로 돌리고 짖었다. 개들이 짖는 쪽엔 인적이 없었다. 하늘에 새 떼가 나는 것도 아니었고 산에서 야생 동물이 울부짖은 것도 아니었다. 도대체 무엇을 보고 짖는 것인지 알 수가 없었다. 개들은 갑자기 부산해졌다. 한 마리가 달리자 나머지가 따랐다. 개들은 오른쪽 언덕 방향으로 빠르게 사라졌다. 개들이 사라지자 마을의 황폐가 갑자기 눈에 띄었다. 집들의 절반 이상엔 문이 없었다. 늘 우리를 따라다니며 구경하던 아이들도 보이지 않았다. 바람이 불었다. 집들이 흔들렸다. 까마귀가 울었다. 까마귀는 보이지 않았다. 나는 몸을 부르르 떨었다. 오줌을 누고 싶어졌다. 울프가 말했다.

"영 보이, 며칠 전 내가 일본군 훈련을 참관하고 왔던 것을 기억하겠지? 서운하게 느끼지 않았기를 바란다. 일본인 통역만 데리고 다녀온 데에는 이유가 있어. 데시마 대위가 영 보이 자네의 참

관을 허락하지 않았거든. 조선인이라는 사실 때문이냐고 물었어. 그런 것은 아니라고 하더군. 그렇다면 이유가 무엇이냐고 다시 물었어. 조선인이라서 그런 것은 아니지만 조선인 소년에게 보여 줄 이유도 딱히 없기 때문이라고 하더군. 조선인 소년을 부르고 싶으면 불러도 되지만 부르지 않는 것이 훨씬 더 좋겠다고 하더군. 언제 들어도 감탄스러운 일본인 특유의 화법! 데시마 대위는 의자들이 놓인 천막으로 나를 안내했어. 내게 자리를 권하며 자세히 살펴봐도 된다고, 궁금한 건 물어봐도 된다고, 마치 대단한 호의를 베푸는 것처럼 말하더군. 평소와는 좀 다른 태도라 무슨 좋은 일이라도 있느냐고 묻고 싶었지. 하지만 돌아올 복잡하고 모호한 대답을 생각하면 묻지 않는 게 더 낫겠다는 생각이 들었지. 결국 난 아무 말도 하지 않고 데시마 대위가 권하는 의자에 앉았어. 병사들은 대부분 신병이었어. 기계처럼 무시무시한 절도를 자랑하는 완벽한 일본군과는 좀 달랐다는 뜻이야. 훈련은 가혹했어. 들판에 포복하고 있던 병사들은 명령이 떨어지면 재빨리 일어나 달렸어. 언덕을 향해 함성을 지르며 달렸어. 다시 명령이 떨어지면 병사들은 바닥에 엎드려 기었어. 이상한 구령과 함께 기었어. 달리고 기어서 언덕에 도달한 병사들은 올라갔다 내려가기를 수십 번 반복했어. 명령을 내리는 목소리가 점점 더 커졌어. 병사들의 응답 소리도 그에 따라 커졌지. 목소리 대결은 좀처럼 끝나지 않았어. 데시마가 나를 보며 빙긋 웃더군. 나도 웃었어. 데시마는 병사들의 기개에 만족했겠지. 서양인에게 꽤나 그럴 듯한 모습을 보여 주었다고 자부했겠지. 내가 웃은 이유는 좀 달라. 명령을 내리는 쪽이나 받는 쪽이나 모두 지쳤다고 느꼈기 때문이야. 지친 몸과 정신을 들키기 싫어서 함성으로 대신하고 있었던 거지. 병사들의 헉헉대는 숨소리와 땀 냄새와 환멸이 들판 너머의 내게까지 전달되었어. 그들의 고뇌를 내 심장과 머리로 곧바로 이해하는 기분이 들었어. 데시마가 질문하고 싶은 건 없냐고 물었지. 나는 고개를 저었어. 기분 같아선 곧바로 자리에서 일어나고 싶었어. 일어나지는 않았지. 데시마가 꼼짝도 하지 않았기 때문이야. 데시마가 버티는 한 나도 버틸 수밖에. 갑자기 말도 안 되는 생각이 들더군. 데시마의 어깨를 툭 치며 말하고 싶어지더군. 너 지금 나한테 시위하는 거냐? 착각하지 마. 우리는 황인종 따위에게 패하지 않아. 러시아를 압박한다고 네 놈들이 우리와 똑같은 건 아니라고. 대낮에 시작한 훈련은 어둑어둑해질 때가 되어서야 끝이 났어. 어둠은 그들에겐 빛이었어. 녹초가 된 병사들은 터덜터덜 걸어서 숙소로 돌아갔어."

울프는 그날 밤 꿈에서 게다를 보았다고 했다. 나이 어린 병사들이 게다(왜나막신)를 신고 일본의 들판을 걷는 장면을 보았다고 했다. 게다를 벗는 장면도 보았다고 했다. 온천탕에 들어가기 위해서였다. 딱딱한 듯 부드러운 게다 소리와 시야를 흐리게 하는 온천탕의 수증기와 듣기만 해도 즐거운 청년 병사들의 웃음이 꿈을 나른하게 만들었다고 했다. 울프가 말했다.

"게다를 신던 청년들의 발에 군화가 신겨졌어. 농기구나 보따리나 책을 들던 손에 총이 쥐어졌어. 짐을 메거나 아이를 업었거나 여인이 만져 주던 등에 배낭이 메어졌어. 사랑하고 일하고 먹고 즐기는 일에 열중하던 머릿속에 국가라는 딱딱한 물건이 주입되었어. 평범한 인간이 전쟁을 수행하기 위한 기계로 바뀐 것이지."

울프가 보기에 일본군 병사들은 기계였다. 러시아군을 섬멸하라는, 오직 하나의 명령만 입력된 기계였다. 의사도 기계이긴 마찬가지였다. 의사들이 병사들을 치료하는 이유 또한 오직 하나였다. 병사들이 최적의 상태로 러시아군을 상대할 수 있도록 하기 위함이었다. 데시마 대위와 사사키 장군도 기계이긴 마찬가지였다. 전쟁에 이기기 위한 전략을 짜고 자원을 배치하는 것이 그들이 받은 명령이었다. 러시아군도 마찬가지였다. 러시아의 병사들과 의사들과 장교들과 장군들 또한 일본군을 섬멸하라는 명령 하나를 수행하기 위해 바쁘게 움직이고 있을 것이었다. 울프가 휘파람을 불었다. 사라진 개들은 다시 나타나지 않았다. 울프의 휘파람에 곡조가 들어갔다. 처음 듣는 곡조였다. 울프가 휘파람을 멈추고 물었다.

"영 보이, 인간과 동물의 차이가 뭔지 알아?"

고개를 저었다. 울프가 답했다.

"동물은 생존하기 위해 싸우고 인간은 파멸하기 위해 싸워."

울프는 휘파람을 마저 불었다. 그리고 자신의 삶을 회고했다.

스물세 살이 된 해의 1월은 울프 생애의 중요한 분기점이었다. 여러 번 문을 두드렸으나 늘 거절로 일관했던 체신청에서 드디어 그의 입사를 허락했다. 체신청에서는 안정된 급료와 적절한 근무 시간을 약속했다. 지금껏 울프가 겪었던 일들과는 종류가 달랐다. 완전한 화이트칼라는 아니었지만 화이트칼라에 가까웠다. 울프는 고민했다. 고민할 것이 없어 보이는데 고민했다. 사정이 있었다. 탄탄대로와는 전혀 거리가 먼 또 하나의 길이 그를 유혹하고 있었던 것. 바위투성이 산길보다도 더 좁고 울퉁불퉁한 그 길은 바로 작가의 길이었다. 서로 다른 잡지사에서 보낸 편지 두 통이 체신청 합격통지서와 거의 동시에 도착했다. 두 통의 내용은 거의 비슷했다. 울프의 글을 사겠다는 것이었다. 한꺼번에 두 군데에 글을 판매한 건 처음 있는 일이었다. 울프가 물었다.

"영 보이, 너라면 어떻게 했겠니?"

나는 모르겠다고 했다. 여러 가지 중에서 무엇을 선택할 수 있는 입장에 선 적이 한 번도 없었기 때문이다.

양쪽 모두 울프가 꿈꾸던 일이었다. 울프는 통조림 공장과 세탁소를 벗어나길 꿈꾸었다. 울프는 도서관에서 읽었던 위대한 작가들처럼 살기를 꿈꾸었다. 울프는 머리를 굴렸다. 전자는 후자를 절대 충족시킬 수 없었다. 후자는 전자를 포함할 가능성이 있었다. 전자는 확고한 땅이었다. 후자는 안개와 구름이었다. 울프는 후자를 선택했다. 스물세 살이라는 나이, 부랑 여행의 경험이 선택에

도움을 주었다. 울프는 자신에게 글을 지속적으로 쓸 만한 체력과 지력이 있다고 믿었다. 부랑 여행을 통해 진짜 미국, 화려한 겉모습 뒤에 교묘하게 숨겨진 미국을 발견했으며, 그 발견이 위대한 글을 쓰는 데 공헌을 하리라고 믿었다.

"결정은 내려졌어. 물릴 수도 없었어. 내 인생을 건 도전이 시작된 거야."

울프는 생활의 모든 면을 작가되기에 맞추었다. 글만 쓰며 살기로 결정했기에 당분간 수입은 전혀 없을 것이었다. 울프는 자신이 가진 것을 전부 팔았다. 옷, 식기, 자전거, 심지어는 타자기까지 팔아서 돈을 마련했다. 울프는 도서관에서 위대한 작가들의 글을 읽고 마음에 드는 부분을 노트에 적었다. 노트를 찢어 보이는 곳곳에 붙였다. 거울에도 붙이고, 침대에도 붙이고, 식탁에도 붙이고, 화장실에도 붙였다. 어휘 사전도 만들어서 가지고 다녔다. 도서관을 오가는 길에 어휘를 적은 쪽지를 꺼내 반복해서 외웠다. 처음 몇 달 간 울프는 고전했다. 단 한 편의 글이 팔린 게 고작이었다. 그마저도 회사 사정이 어렵다는 이유로 원고료 지급을 차일피일 미루었다. 울프가 말했다.

"전에 그런 일이 있었다면 점잖게 부탁을 했겠지. 그들의 심기를 건드려서 좋을 일은 없었으니깐."

울프는 다르게 행동했다. 이제 글은 그에게 전부였다. 울프는 글을 쓰기 위해 잠을 줄였고, 끼니를 건너뛰었고, 가난을 견뎠다. 울프에겐 돈을 받을 자격이 있었다. 울프는 잡지사로 갔다. 문을 열고 들어간 후 의자를 들었다. 당장 돈을 내놓지 않으면 의자를 집어던지겠다고 했다. 의자 하나로 끝나지는 않을 것이라고 했다. 의자만으로도 끝나지 않을 것이라고 했다. 원고료를 받기 위해선 무슨 짓이라도 할 것이라고 했다. 울프의 예고 폭력에 놀란 잡지사는 그 자리에서 원고료를 지급했다. 울프가 말했다.

"그때 나는 한 마리의 개였어. 일주일을 굶주린 개였어. 먹이를 얻기 위해서라면, 살기 위해서라면 주인까지 잡아먹을 각오가 되어 있었지. 직설적인 내 방식은 그들에게 먹혀들었어. 그들은 내 생존 의지에 굴복한 거야. 잡지사는 오래했어도 나 같은 작가는 처음 보았겠지."

울프의 생존 의지가 상황을 바꾸었다. 세상의 흐름에 영향을 미쳤다. 울프의 글이 팔리는 속도가 빨라졌다. 글의 가격도 덩달아 높아졌다. 5달러가 10달러로 바뀌었고, 10달러가 100달러로 바뀌었다. 연속된 100달러는 새로운 결실을 가져왔다. 울프는 단편집을 내자는 제안을 받았다. 출판사에서 먼저 연락을 해 오기는 처음이었다. 단편집은 큰 성공을 거두었다. 미국에도 키플링 같은 작가가 탄생했다는 호평을 받았다. 선악 구조가 단순하며 문장이 거칠다는 우려는 호평에 묻혔다. 울프는 장편소설도 썼다. 이번에도 호평이 이어졌다. 울프는 제2의 마크 트웨인으로 추켜세워졌다. 호평은 판매로 연결되었다. 시장에 내놓은 지 얼마 안 되어 만 부를 넘겼다. 수천 달러가 한번에 들어왔다. 울프는 승리했다. 울프는 흥행 작가가 되었다. 출판사에서 잇달아 손을 벌렸다. 써 놓은 글이 있으면 숨기지 말고 내놓으라는 성화가 빗발쳤다. 울프가 말했다.

"원하는 곳마다 내 글을 주었지. 그들은 내 글을 좋아했어. 그런데 영 보이 그 글들엔 아이러니한 비밀이 있지. 얼마 전에 그들이 퇴짜를 놓았던 바로 그 글들이었거든."

즐거워야 했다. 세상이 비로소 그를 인정하기 시작했으니까. 그런데 울프는 마냥 즐겁지만은 않았다. 이유를 알 수 없었다. 호황의 한가운데에서 울프는 글쓰기를 잠시 멈추었다. 무언가가 잘못되어도 한참 잘못되었다고 느꼈다. 사람들은 울프를 환대했다. 울프의 글은 미국적이라고 했다. 울프의 글엔 미국이 잃어버렸던 꿈이 들어 있다고 했다. 사람들은 몇 년 전의 울프에 대해서 이야기하지 않았다. 나이아가라에서 체포된 울프는 미국의 암적인 존재였다. 공권력이 제거하고 싶어 하는 부랑자였다. 몇 년 사이 모든 것이 바뀌었다. 울프는 성공한 미국인의 상징이 되었다. 젊은 세대의 꿈과 희망이 되었다. 울프가 말했다.

"무슨 일이 벌어진 걸까? 나라는 인간이 달라진 걸까? 그렇지 않지. 나는 늘 나였어. 거울 속의 나는 예전과 똑같은 모습이었어. 손가락, 발가락, 뼈와 살, 보이지 않는 내장과 머릿속의 생각, 외면과 정신 모두 다 예전과 똑같았어. 달라진 건 사람들이 나를 보는 눈뿐이었지. 영 보이, 이게 도대체 무슨 뜻일까?"

울프는 깨달았다. 사람들이 보고 있는 건 진짜 울프가 아니었다. 그들은 울프라는 이름의 신형 기계를 보고 있는 것이었다. 자신들을 대변하는 작가라는 이름이 붙은 기계. 미국의 꿈을 상징하는 영웅 신화를 만들어 내는 공장으로서의 기계. 사람들은 진짜 울프를 원하지 않았다. 진짜 울프의 모습엔 관심도 없었다. 울프 아닌 다른 누구였더라도 사람들은 똑같이 반응했을 것이었다. 울프는 성공했다. 살아남았다. 적자생존의 법칙을 증명했다. 그와 동시에 울프는 스스로에게서 소외되었다. 자신이 바라던 울프가 되었음에도 울프는 더 이상 울프가 아니게 되었다. 강한 자가 이긴다는 울프의 믿음은 보상받았다. 그와 동시에 울프는 자신을 잃었다. 진짜 울프는 강한 울프의 그늘에 가려졌다. 살아남았는데 오히려 더 외로워졌다. 울프는 자신이 너무 민감해졌다고 생각했다. 여유가 필요하다고 생각했다. 즐겨야 한다고 생각했다. 집을 구입했다. 가족들에겐 농장을 선물했다. 울프의 집은 손님들로 북적였다. 즐거웠다. 삶의 주인이 된 것 같았다. 만족은 잠깐이었다. 집과 농장과 손님들도 울프를 되찾아 주지는 못했다. 진짜 울프는 여전히 없었다. 울프는 삶의 주인이 아니었다. 울프는 영국으로 갔다. 런던에서 가장 가난한 지역인 이스트엔드의 더러운 하숙집에 틀어박혔다. 이스트엔드는 런던의 쓰레기장이었다. 주민들은 부랑하지 않을 뿐, 실은 부랑자였다. 하루하루의 생존이 그들에겐 과제였다. 울프는 그들의 삶을 파고들었다. 그들의 눈이 되어 코가 되어 귀가 되어 손이 되어 발이 되어 글을 썼다. 글이 나이아가라폭포처럼 쏟아졌다. 머릿속 생각을 받아 적기도 어려웠다. 울프가 글을 쓰는 것이 아니었다. 이스트엔드가 울프의 손을 빌려 글을 만들고 있었다. 울프는 쓴 글을 고치지도 않았다. 아니, 고칠 것도 없었다. 스스로가 쓴 글은 거칠기는 했어도 그 나름대로 완벽했다. 새로운 글쓰기가 울프를 살렸다. 울프는 미국으로 돌아왔다. 바뀐 환경이 또 다른 글을 선물했다. 사람들을 떠나 늑대에게로 가는 개 이야기를 썼다. 책이 나왔다. 사람들은 열광했다. 늑대가 된 한 마리 개가 미국을 뒤흔들었다. 그 개의 이름은 벅이었다. 그 개의 또 다른 이름은 울프였다. 울프는 성공의 기쁨에 몸을 맡기지 않았다. 그랬다간 또 다시 기계가 될 것이다. 또 다시 자신이 누군지 몰라 헤맬 것이었다. 때맞춰 일어난 전쟁이 구실이 되어 주었다. 울프는 미국을 떠나 일본으로 왔고, 일본에서 배를 타고 조선에 도착했다.

개들은 오지 않았다. 울프가 돌아가자고 했다. 바람이 불었다. 집들이 흔들렸다. 까마귀가 울었다. 마음이 불편해졌다. 무엇인가 바로잡아야 했다. 울프에게 물었다.

"박순성은 어떻게 하실 겁니까?"

울프가 물었다.

"박순성을 원래부터 알았나?"

"순안에서 처음 봤습니다."

"그런데 왜 박순성을 미워하나?"

"못된 양반이니까요."

"못된 양반은 박순성 한 명뿐인가?"

"아닙니다."

"박순성은 박순성일 뿐이야."

"박순성이 박순성이기 때문에 그냥 두고 싶지 않습니다."

"박순성은 너무 많아."

"그래도 그냥 둘 수는 없습니다."

"혁명이라도 일으킬 생각인가?"

"네?"

"끝까지 갈 자신이 있나?"

"그건…"

"그게 아니라면 내버려 둬."

"그렇게는 못하겠습니다."

"영 보이, 오늘따라 말귀를 못 알아듣는군. 똑똑한 자네가 날 힘들게 하는군. 다시 말하지. 나는 이 일에 끼어들고 싶지 않아."

"부랑자의 고통을 말했잖습니까? 기계를 말했잖습니까?"

"그랬지. 하지만 난 이곳에서 철저하게 외부자야. 그리고 조선의 문제는 조선이 해결해야지. 언제까지나 '마 목사'를 찾아서는 곤란하지. 똥개들도 스스로 살 길을 찾는 법이야. 먹을 게 없으면 똥이라도 먹어. 그렇게 못 하겠다면 어쩔 수 없는 거고."

울프가 발걸음을 돌렸다. 그의 등에 대고 외쳤다.

"하지만 우린 한 팀 아닙니까?"

울프가 멈칫했다. 돌아섰다. 빙긋 웃으며 말했다.

"팀이라 이거지?"

"네."

"영 보이."

"네."

"진작 그렇게 말했어야지."

"네."

"그래 우린 한 팀이지. 팀이고말고. 그렇다면 팀원으로서의 나는 이렇게 말하겠어. 박순성한테 가서 전해. 네 시에 울프가 찾아가겠다고."

"네."

"혹시 거절하면 이렇게 말해. 날 만나 주지 않으면 본때를 제대로 보이겠다고. 내 무시무시한 이빨로 통통하게 살찐 엉덩이를 물어뜯어 주겠다고."

# 5. 팀플레이

## 1904. 3. 20. 15:40

우리는 세 시 사십 분에 숙소를 나섰다. 평소라면 10분이 채 못 되어 관아에 도착했을 것이다. 예상 추정 시간은 빗나갔다. 20분이 넘게 걸렸다. 길에는 마을 사람들이 가득했다. 산으로 피난을 떠났던 이들이 다 모인 것 같았다. 울프를 본 마을 사람들이 가벼운 환호성을 질렀다. 지금껏 보지 못했던 열띤 반응이었다. 울프는 조금 당황한 것처럼 보였다. 고개를 살짝 숙였다. 손등으로 코끝을 문질렀다. 옷에 묻은 먼지를 털었다. 사람들 사이에 숲속 마을 촌장이 서 있었다. 촌장이 울프 앞으로 나왔다. 잘 부탁한다고 말한 후 허리를 깊숙이 숙여 인사했다. 울프는 옷매를 다듬었다. 베레모를 벗었다. 가벼운 목례 후 다시 베레모를 썼다. 나는 울프가 고개를 돌리고 속삭이는 소리를 들었다.

"오 마이 갓."

마을 사람들이 좌우로 갈라졌다. 울프에게 길을 내주기 위해서였다. 울프가 앞장섰다. 마을 사람들은 순한 양처럼 울프의 뒤를 따랐다. 울프가 힐끗 뒤를 돌아보곤 말했다.

"내가 마치 예수라도 된 느낌인걸."

베레모와 부츠는 예수에게 어울리지 않았다. 울프의 체격은 당당했고 걸음걸이엔 흔들림이 없었다. 예수라고 부르기엔 지나치게 강인하고 현대적이었다. 나는 아무 말도 하지 않았다. 언덕이 나타났다. 관아는 마을을 굽어볼 수 있는 언덕 꼭대기에 있었다. 관원 두 명이 멀찌감치 나와 있었다. 그들은 우리를 보자 관아로 향했다. 잠시 후 그들은 다시 모습을 드러냈다. 그들은 애써 우리를 외면했다. 우리는 계속 걸었다. 관아가 눈에 들어왔다. 울프가 말했다.

"공공건물의 사정도 형편없긴 마찬가지로군."

울프의 말에 동의하지 않기란 어려웠다. 우리 시야에 들어온 관아는 황폐했다. 돌담의 일부는 무너졌고, 흔들리는 문짝은 칠이 벗겨졌다. 깨진 판석들 틈으로 길쭉한 잡초들이 자라났다. 한쪽이 기울어진 정자 건물도 보였다. 풍류를 즐기려면 목숨을 걸어야 할 판이었다. 박순성이 부당하게 걷은 세금이 관아 정비에 쓰이지 않은 것은 확실했다. 입구의 어미 돼지 크기만 한 진흙탕을 피해서 서 있던 관원들이 우리를 말없이 맞았다. 울프는 자신을 외면하는 관원들에게 들어가도 되느냐고 물었다. 관원들에겐 우리를 막을 의지가 없었다. 통역하기도 전에 관원들은 옆으로 비켜섰다. 울프는 허가도 받지 않고 그냥 들어가고 싶은 생각이 없었다. 울프는 호주머니에서 여권을 꺼냈다. 관원들에게 내밀었다. 관원들이 당황했다. 관원들은 보는 시늉만 하고 다시 울프에게 돌려주었다. 울프는 통행증은 필요하지 않느냐고 물었다. 관원들은 고개를 저었다. 울프는 확인하고 싶은 게 있으면 지금 다하라고 말했다. 관원들은 울프를 보며 멋쩍게 웃었다. 우리는 관아 안으로 들어갔다. 두 개의 건물과 하나의 문과 얼음이 채 녹지 않은 연못과 하나의 건물과 또 하나의 문을 지났다. 안으로 들어갈수록 관아는 폐허의 냄새를 풍겼다. 순안 최고 권력자의 공간인 관아는 마을에서 가장 가난해 보였다. 폐허와 가난을 뚫고 동헌이 나타났다. 관아의 핵심부였다. 쇠락한 관아에서 동헌은 유일하게 체면치레를 했다. 여섯 칸 건물은 새로 지은 것처럼 멀쩡했다. 단청은 선명했고 마루에서는 윤이 났다. 창호지에서는 새로 바른 풀 냄새가 났고 뒤틀린 문짝은 하나도 없었다. 우리는 마침내 박순성의 얼굴을 보았다. 군수 박순성은 좌우로 관원들을 거느린 채 마루에 서 있었다. 동헌은 이내 시끄러워졌다. 울프의 신도가 된 마을 사람들이 우리 뒤를 따라 들어왔기 때문이었다. 모두가 다 들어온 것은 아니었다. 그러기엔 동헌 마당이 좁았고, 나쁜 기억이 남아 있는 마당에서 약간의 거리를 두는 것이 구경하는 이의 입장에서는 안전했다. 동헌이 만들어진 이래 가장 기묘한 대치였다. 대치라기보다는 일방적인 구애와 외면에 더 가깝다고 해야 하겠다. 우리는 박순성을 보았으나 박순성은 우리를 보지 않았다. 박순성의 시선은 하늘을 향하거나 좌우의 관원들에게로 향했다. 노련한 관원들도 박순성의 뜻을 읽었다. 우리가 마당에 없기라도 한 것처럼 자기들끼리 이야기를 주고받았다. 박순성과 관원들은 사람들 앞에서 광대극을 벌이고 있었다. 저항과 유희의 정신이 사라진 무의미하고 지루한 광대극이었다. 광대극은 금방 끝날 것 같지 않았다. 마을 사람들이 술렁거렸다. 저놈들, 도둑놈들에 이어 개새끼들이라는 말이 불쑥 튀어나왔다. 유순과 무기력으로 대변되던 평소와는 전혀 다른 분위기였다. 구경에 만족하던 사람들이 군수 앞에서 직접 불만을 드러내고 있었다. 자신들을 곤장으로, 압슬형으로 다스리던 무자비한 군수 앞에서. 엉덩이와 무릎을 내주고도 변변한 저항마저 못 해 보았던 동헌 마당에서.

민심을 읽은 울프가 드디어 움직였다. 울프는 뒤를 한 번 돌아본 후 빠른 걸음으로 박순성이 있는 쪽으로 다가갔다. 신발을 벗고 마루에 올라섰다. 박순성의 시선이 닿는 곳을 골라서 섰다. 박순성이 울프를 보았다. 울프가 시선을 막았으므로 볼 수밖에 없었다. 잠깐뿐이었다. 그의 시선은 울프를 비껴 다시 하늘로 향했다. 관원들도 울프를 모른 체했다. 울프가 하-하-하 웃었다. 울프는 손가

락을 튕기며 나를 불렀다. 섬돌 옆으로 재빨리 다가갔다. 울프가
말했다.

"내 옆으로 올라와. 내 말을 정확하게 전해야 하니까."

신발을 벗고 울프 옆에 섰다. 마루에 올라서니 박순성이 제대로
보였다. 박순성은 체격이 좋은 남자였다. 울프보다 키와 몸이 더
컸다. 박순성이 입은 흰 두루마기는 깨끗해서 눈이 부셨다. 그의
검은 눈동자에선 광채가 났고, 가슴까지 닿은 그의 수염에선 위엄
이 풍겼다. 그는 서울에 어울리는 사람이었다. 궁궐에 어울리는 사
람이었다. 거문고와 백자를 짝으로 삼아야 할 사람이었다. 백번 양
보해도 무너진 관아에 만족하고 있을 사람으로는 보이지 않았다.
박순성이 나를 보았다. 내게서 눈을 떼지 않았다. 입을 열지도 않
았고 웃지도 않았고 화를 내지도 않았다. 그저 빛나는 두 눈으로
나를 응시할 뿐이었다. 등에서 땀이 흘렀다. 눈 밑이 흔들렸다. 얼
굴도 붉어졌을 것이다. 울프가 물었다.

"영 보이, 괜찮아?"

울프의 말에 소매로 눈을 닦고 등을 쭉 폈다. 속으로 중얼거렸
다. 울프와 나는 팀이라고. 나는 혼자가 아니었다. 내 팀인 울프가
내 옆에 서 있는 한 괜찮을 것이다. 박순성을 보았다. 눈이 마주쳤
다. 두려웠다. 견뎠다. 피하지 않았다. 속으로 생각했다.

'도둑놈일 뿐이야.'

박순성은 빙긋 웃었다. 그 웃음에 다리가 후들거렸다. 아버지들

이 짓는 따뜻한 웃음이었다. 내가 받아 보지 못한 애정이 담긴 웃음이었다. 박순성이 물었다. 그의 목소리는 부드러웠다.

"이름이 무엇이냐?"

나는 대답하지 않았다. 못 들은 척했다. 박순성은 나를 놓아주지 않았다. 박순성이 한 번 더 물었다.

"이름이 무엇이냐?"

"만영입니다. 김만영입니다."

박순성이 말했다.

"네 얼굴이 왠지 눈에 익구나. 오늘 이전에 꼭 어디에서 만난 것 같은 느낌이 드는구나. 너를 어디에서 보았더라?"

박순성의 말을 어떻게 해석해야 할지 몰랐다. 오전에 우리는 데시마 대위의 사무실에서 잠깐이나마 눈을 마주쳤다. 그 장면이 선명하게 떠올랐다. 하지만 박순성은 분명 오늘 이전이라 말했다. 박순성 같은 양반은 없는 소리를 하지 않는다. 의도가 있기에 한 말이 분명했다. 우리는 그의 의도를 몰랐다. 울프가 물었다.

"영 보이, 이 자가 무슨 이야기를 하는 거냐?"

내가 대답했다.

"관습적인 인사말을 했을 뿐입니다."

울프가 말했다.

"그럼 이렇게 전해라. 인사는 되었으니 이제 당신과 심각한 이야기를 나누고 싶다고."

박순성에게 전했다. 박순성이 천천히 고개를 돌려 울프를 보았다. 울프가 그 자리에 있는 것을 처음으로 깨달은 사람의 표정을 지었다. 박순성은 수염을 쓰다듬으며 울프를 보았다. 정면으로 보지도 않고 곁눈질로 보았다. 멸시 섞인 관찰을 마친 박순성이 마당에서 구경하는 사람들을 가리키며 말했다.

"이런 상황에서 이야기를 나누긴 좀 힘들지 않겠소? 감시받는 기분이 드는구려."

그렇기는 했다. 우리는 어색하게 서 있었다. 울프와 내가 박순성과 관원들이 벌이는 광대극에 머리 긁으며 동참한 꼴이었다. 효율적인 대화는 불가능했다. 울프가 말했다.

"이렇게 합시다. 관원들을 내보내세요. 그러면 사람들에게 나가 달라고 부탁하겠습니다."

박순성이 말했다.

"사람들을 먼저 내보내시오."

울프가 말했다.

"관원들을 먼저 내보내세요."

박순성이 말했다.

"사람들을 먼저 내보내시오. 이건 협상의 문제가 아니오."

울프가 나를 향해 고개를 끄덕였다. 나는 마루를 내려가 숲속 마을 촌장 앞에 섰다. 울프와 박순성 간의 합의 내용을 전달했다. 촌장이 고개를 끄덕이곤 동헌을 빠져나갔다. 마을 사람들도 뒤를 따랐다. 동헌 마당은 금세 텅 비었다. 박순성이 관원들을 보며 말했다.

"이방은 내 곁을 지켜라."

박순성의 말을 울프에게 전했다. 울프가 발끈했다.

"약속과 다르지 않습니까?"

"내게도 보좌할 사람이 필요하오."

이번에도 울프가 양보했다. 이방을 제외한 관원들은 천천히 움직였다. 느리게 신발을 신었고 느리게 걸었고 느리게 동헌을 빠져나갔다. 그들은 동헌으로 통하는 문을 닫았다.


동헌엔 울프와 나와 박순성과 이방, 네 사람뿐이었다. 박순성이 자리에 앉았다. 앉으라는 말은 없었다. 우리는 그냥 자리에 앉았다. 박순성이 장죽을 입에 물었다. 이방이 담배를 채운 후 불을 붙였다. 박순성은 장죽을 빨며 동헌 마당을 보았다. 생각에 잠긴 눈빛이었다. 박순성이 중얼거렸다.

"말세로다. 나라에 도가 없으니 위아래도 엉망이 되는구나."

울프가 나를 보았다. 나는 코를 찡긋하며 고개를 저었다. 박순성의 신세 한탄은 끝나지 않았다.

"오랑캐들이 주제도 모르고 날뛰니 이를 대체 어쩌면 좋을까?"

울프가 다시 나를 보았다. 양반들의 버릇인 혼잣말을 하는 중이라고 설명했다. 울프가 회중시계를 꺼내서 시간을 확인한 후 다시 넣었다. 울프가 시도한 무언의 압력은 박순성에게 먹히지 않았다. 박순성이 내게 말했다.

"이 나라의 대사헌 영감이 누군지 아느냐?"

나는 모른다고 대답했다. 박순성이 말했다.

"너를 보니 자꾸 대사헌 영감의 얼굴이 떠오르는구나."

질문이 아니었다. 나는 아무 말도 하지 않았다. 박순성이 말했다.

"십 몇 년 전인가 대사헌 영감이, 물론 그땐 대사헌이 아니었지만, 곤욕을 치른 적이 있었지. 동네 과부와 몰래 정을 통하고 있었는데 그만 부인에게 들키고 만 거야. 부인의 위세에 눌린 영감은…"

"저와 이야기를 나누실 필요는 없습니다."

박순성이 너털웃음을 터뜨렸다. 박순성은 드디어 울프를 정면으로 보며 말했다.

"이 궁벽한 곳까지 찾아주셔서 몸 둘 바를 모르겠소."

울프가 말했다.

"좀 더 빨리 찾아뵐 것을 그랬습니다."

"만남에는 다 때가 있는 법이라오."

"지금이 그때인 거로군요."

"우리는 모르오. 하늘만이 알 뿐이오."

울프는 고개를 갸웃했다. 나는 그저 형식적인 표현일 뿐이라고 알려 주었다. 박순성은 하늘의 이치에 대한 이야기를 조금 더 했다. 나는 음, 양, 태극 등의 단어로 이루어진 그 이야기를 울프에게 전달하지는 않았다. 박순성이 말했다.

"미국인이라고 들었소."

"네, 미국인입니다."

"미국은 어떤 나라요?"

울프는 간단하게 대답했다.

"강한 나라입니다."

박순성이 고개를 여러 번 끄덕였다. 담배 연기를 내뿜으며 말했다.

"나도 미국에 한번 가보고 싶었소. 이제 글렀소. 나이가 너무 많이 들어 버렸소."

"기회가 있겠지요."

"기회가 있을 것 같지는 않소. 그런데 조선에는 왜 왔소?"

"전쟁을 취재하러 왔습니다. 전쟁다운 전쟁은 아직 보지도 못했습니다."

"딱하게 되었구려."

"러시아군이 주둔하고 있었을 때의 이야기를 간단하게 듣고 싶습니다."

"러시아군이라…. 온순한 사람들은 아니었소. 본능대로 행동하는 오랑캐들이었소. 제대로 공부를 하지 못한 탓이겠지. 공부라 하면 모름지기 천자문을 읽고, 소학을 배우고, 사서를 외워야 하거

늘, 하늘과 땅의 이치를 궁구해야 하거늘, 매일 히히덕대고 총이나 쏘며 다녔으니 제대로 된 사람들이라고 할 수가 없었지."

박순성의 대답은 5분가량 이어졌다. 울프에게 간단하게 전달했다.

"러시아군의 만행이 무척 심했답니다."

"그게 전부야?"

"네, 나머지는 별 의미 없는 이야기들입니다. 그래도 알려드릴까요?"

울프는 손을 내저었다. 울프가 박순성에게 물었다.

"일본군에 대해선 어떻게 생각하십니까?"

박순성은 담배 연기를 길게 내뿜은 후 장죽을 내려놓았다. 백자로 만든 타구에 침을 뱉고는 한참 보았다. 박순성이 말했다.

"조선과 일본의 관계는 단순하지 않소. 임진년에 일어난 전쟁부터 알아야 하오. 조선은 일본에 속수무책이었지. 명나라의 은혜가 없었으면 우린 멸망할 뻔했다오. 부산포를 점령한 그들은…"

울프에게 귓속말을 했다.

"지금 박순성은 시간만 끌고 있습니다."

울프가 내 귀에 대고 속삭였다.

"그럼 이렇게 전해. 단어 하나도 바꿔서는 안 돼. 당신은 도둑놈입니다."

박순성의 말을 끊고 울프의 말을 전했다.

"당신더러 도둑놈이랍니다. 개새끼랍니다."

박순성의 얼굴이 변했다. 백자 달 항아리처럼 하얗던 얼굴이 처음으로 붉어졌다. 박순성은 주먹을 한 번 쥐었다가 폈다. 침도 한 번 더 뱉었다. 갑자기 박순성이 빙긋 웃었다. 조용한 목소리로 말했다.

"무례한 서양 오랑캐로구나. 인의와 예절이 뭔지도 모르는 것들이. 찢어 죽여도 시원치 않을 놈들이."

나는 표정과 일치하지 않는 박순성의 말을 전하지 않았다. 전할 필요도 없었다. 울프에게도 눈치는 있었다. 울프가 거세게 몰아붙였다.

"당신은 군수입니다. 그런데 왜 군수의 일을 하지 않습니까?"

"그런 적 없소. 나는 백성들을 위해 내 한 몸을 다 바치고 있소."

"당신이 일본군에게 돈을 받은 것을 다 알고 있습니다. 그 돈은 마을 사람들의 것입니다. 그런데 왜 마을 사람들에게 나눠 주지 않습니까? '백성'을 위한다면서 왜 그런 나쁜 짓을 합니까?"

울프는 '백성'을 자신의 질문에 담았다. 박순성의 얼굴이 다시 변했다. 그러나 박순성은 자기 제어에 능한 카멜레온 같은 사람이었다. 어쩌면 얼굴색을 고의로 붉게 하는 것인지도 몰랐다. 곧바로 원래 색을 되찾은 박순성이 말했다.

"백성들이 알지 못하는 복잡한 문제가 있소."

"복잡한 문제가 도대체 무엇입니까?"

"도를 도라고 부르면 더 이상 도가 아니라는 말이 있소. 복잡한 것을 명쾌하게 말할 수 있다면 그건 복잡한 문제가 아니라오. 알아 듣기 쉽게 이야기하는 것 자체가 어려우며, 어렵게 말하더라도 그 건 원래의 복잡한 문제는 아니라는 뜻이오."

나는 통역을 포기했다. 울프에겐 대답을 회피한다고만 전했다. 울프가 말했다.

"복잡할 게 뭐가 있습니까? 간단한 해결 방안을 제시하겠습니다. 군수의 몫은 인정하겠습니다. 나머지를 마을 사람들에게 돌려주면 됩니다."

"세상일이 그렇게 간단하면 얼마나 좋겠소? 내가 복잡하다고 하면 정말 복잡한 것이라오. 미국에도 미국 나름의 복잡한 문제가 있을 것이오. 우리에게도 우리 나름의 복잡한 문제가 있소."

"조선의 문제에는 관심 없습니다. 복잡성에 대해서도 마찬가지입니다. 훔친 돈을 주인에게 돌려주면 끝나는 것입니다. 간단한 문제입니다."

"통치란 그런 것이 아니라오. 통치자는 늘 여러 문제를 동시에 생각해야 하오."

"부패한 통치자들은 늘 그렇게 말하곤 합니다."

"부패라니 지금 무슨 소리를 하는 거요?"

"그럼 어떻게 표현해야 옳겠습니까?"

박순성이 고개를 저었다. 침을 세게 뱉었다. 소매로 입을 닦으며 말했다.

"만영이라고 했지? 우리끼리 이야기를 좀 해 보자꾸나. 단순 무식한 서양 오랑캐 놈이 도무지 말귀를 못 알아듣는구나."

울프에게 통역 없이 잠깐 대화를 나누겠다는 뜻을 전했다. 울프가 고개를 끄덕였다. 울프는 노트를 꺼내 무언가를 적기 시작했다. 박순성이 울프를 힐끗 본 후 말했다.

"서양 오랑캐 놈에게 말 전달하는 수고를 덜어 주었으니 아까 다하지 못한 이야기부터 끝내자꾸나. 대사헌 영감은, 그땐 대사헌이 아니었지만, 부인을 무척 무서워했어. 그도 그럴 것이 부인의 아버지, 대사헌 영감의 장인은 엄청난 부자였거든. 가진 권력도 재산만큼 많았지. 부인의 뜻을 거슬렀다간 대사헌 영감도 그날로 끝이었다는 뜻이야. 다행히 부인은 대사헌 영감을 무척 좋아했지. 남편의 사소한 과실을 지나치게 추궁할 생각은 없었어. 부인이 원하는 건 딱 하나였어. 과부 년을 동네에서 쫓아내는 것. 대사헌 영감은 부인의 분부를 따랐지. 속으로는 눈물을 펑펑 흘렸지만 겉으로는 아무렇지도 않은 척 부인의 분부를 당장에 따랐지. 과부의 뱃속에 아이가 있었다는 것도 말해야 하겠구나. 부산에 자리 잡은 지한 달 만에 아이를 낳았다는 것도 말해야 하겠구나. 혹시 오해할까 봐 말하는데 대사헌 영감이 과부 부자를, 아이는 아들이었지, 완전히 버린 건 아니었어. 대사헌 영감은 의외로 따뜻한 구석이 있는 사람이었어. 부산에 거처를 마련해 준 것도 대사헌 영감이었거든. 대사헌 영감은 1년에 한두 번은 무슨 이유를 대서라도 부산을 찾았어. 과부를 만나기 위함이었지. 과부를 만나 밀린 회포도 나누고 아이 키우는 일에 쓰라고 돈도 주었어. 아이가 일곱 살 될 때까지 그렇게 했다더라. 정을 통한 남자치곤 뒷수발을 꽤 오래 든 거지. 하지만 다 소용없었어. 그 다음 해에 부산에 내려갔더니 과부와 아이는 사라졌어. 대사헌 영감이 얻어 주었던 집엔 쥐새끼들만 드나들고 있었고 주위에 물어봐도 그들의 행방을 아는 이는 아무도 없었지. 대사헌 영감은 통곡을 했어. 울며 또 울며 과부와 아이를 마음속에서 지웠어. 집으로 돌아온 대사헌 영감은 부인에게 결심을 털어놓았지. 앞으로는 부인만을 위해 살겠다고, 장인어른을 도우면서 의미 있게 살겠다고 몇 번이나 다짐을 했지. 그 뒤의 이야기는 조금 싱거워. 반 백수나 다름없던 대사헌 영감이 승승장구하더니 드디어 대사헌 영감이 되었다는 게 전부야. 내 입장을 털어놓자면 사실 입맛이 조금 씁쓸하기는 했어. 우린 어릴 적부터 둘도 없는 친구였거든. 머리로 치면 내가 대사헌 영감보다 훨씬 좋았지. 적어도 난 내 능력으로 과거에 급제했으니까. 내가 못 가진 건 대사헌 영감의 장인이었어. 없으면 없는 대로 살아야 하는 법. 그래서 군수 자리에도 감지덕지하며 살게 된 거야. 아, 이야기가 잠깐 빗나갔구나. 원래 자리로 되돌려야 하겠구나. 오늘 아침 데시마 대위의 사무실에서 널 보았을 때 난 속으로 깜짝 놀랐어. 젊은 시절의 대사헌 영감을 보는 줄 알았어. 눈이 커서 꼭 겁먹은 얼굴처럼 보이는 거 하며, 콧등 끝이 약간 휜 것 하며, 아랫입술이 살짝 두꺼운 거 하며, 입이 살짝 벌어진 거 하며 대사헌 영감의 판박이었지. 하도 닮아서 하마터면 그 자리에서 물어볼 뻔했다니까. 아까 못 물어본 질문을 지금 하마. 네 아버지가 대사헌 영감이 맞느냐?"

나는 아니라고 했다. 무슨 말인지 모르겠다고 했다. 내 부모는 이미 세상을 떠났다고 했다. 혈육은 남아 있지 않다고 했다. 내 이야기를 듣고도 박순성은 엉뚱한 소리를 멈추지 않았다.

"대사헌 영감을 찾아가 보도록 해라. 저승사자 같던 부인이 죽었으니 어쩌면 너를 반갑게 맞을 수도 있겠구나. 아하, 아닐 수도 있겠구나. 새로 얻은 젊은 부인의 성깔도 제 아버지 닮아 상당한 것 같더라. 그래도 참을 수밖에. 젊은 부인의 장인은 영의정 자리도 좌지우지할 수 있으니. 어찌 되었건 대사헌 영감이 널 박대하지는 않을 게다. 설령 생각만큼의 대접을 받지는 못 하더라도 오랑캐놈 뒤치다꺼리하는 것보다는 백배 낫겠지. 어떠냐? 생각이 있느냐? 네 놈이 나서기 뭐하면 내가 좀 다리를 놓아 줄까?"

노망난 노인이 따로 없었다. 나는 아무 말도 하지 않았다. 울프를 보았다. 노트를 든 채 꾸벅 졸고 있었다. 울프의 옆구리를 팔꿈치로 살짝 쳤다. 울프가 눈을 뜨고 물었다.

"뭐래? 돈을 돌려주겠대?"

내가 말했다.

"자기는 마을 사람들의 돈을 받아 가로챈 적이 없답니다. 잘못한 게 하나도 없답니다."

"영 보이, 네 생각은 어떤데?"

"다 거짓말입니다."

울프가 박순성에게 말했다.

"마을 사람들, 정말 가난합니다. 내 가슴이 다 아픕니다."

박순성이 한숨을 쉬며 말했다.

"나도 늘 안타깝게 여기고 있소. 다 내 탓이오. 목민관인 내가 일을 제대로 하지 못한 탓이오."

"돈을 돌려주면 마을 사람들이 크게 기뻐할 겁니다."

"내겐 돈이 없소. 관아 꼴만 보아도 알 것이오."

"데시마 대위에게 돈을 받지 않았습니까?"

"나라를 대신해서 받은 것이니 사사로이 처리할 수는 없소."

"그럼 그 돈을 황제에게 보냈다는 것입니까?"

"그런 셈이오."

"그런 셈이라니 무슨 말입니까?"

"그런 게 있소. 황제가 내게 빚진 게 있으니까… 아니오, 외국인이 자세히 알 필요는 없소."

울프가 의아한 눈으로 나를 보았다. 나는 조선에서 관직에 오르려면 황제에게 돈을 바쳐야 한다고 알려 주었다. 관직마다 정해진 가격이 있다고 알려 주었다. 울프가 고개를 끄덕인 후 물었다. 한 번 더 묻겠습니다. 마을 사람들에게 줄 돈이 정말 없습니까?"

"모르겠소."

"마지막으로 묻겠습니다. 돈이 정말 없습니까?"

"모르겠소."

"모르겠다는 게 무슨 뜻입니까?"

"모르겠다는 뜻이오."

"뭘 모른다는 겁니까?"

"모른다는 것은 모른다는 뜻이오."

"그렇다거나 아니라거나 둘 중 하나로 대답해야 하지 않습니까?"

"모르겠소."

더 이상의 대화는 불가능했다. 모른다는 말은 대화를 종결하겠다는 뜻을 우회적으로 비친 것에 지나지 않았다. 울프는 실패했다. 울프의 집요한 질문은 박순성의 마음을 조금도 흔들지 못했다. 울프에겐 방법이 없어 보였다. 울프의 힘으로도 박순성을 넘어뜨릴 수는 없는 것 같았다. 울프가 나를 보며 빙긋 웃었다. 평소의 웃음과는 조금 달라 보였다. 그 의미를 해석하는 건 내 능력을 넘어서는 일이었다. 울프는 작은 가방을 열었다. 리볼버를 꺼냈다. 박순성과 이방이 동시에 자리에서 일어났다. 그들의 얼굴엔 겁먹은 표정이 역력했다. 울프는 괜찮다고 했다. 쏘려는 것이 아니니 앉으라고 했다. 박순성이 다시 자리에 앉았다. 울프에게서 떨어져서 앉았다. 이방은 앉지 않았다. 선 자세 그대로 뒤편으로 물러섰다. 울프

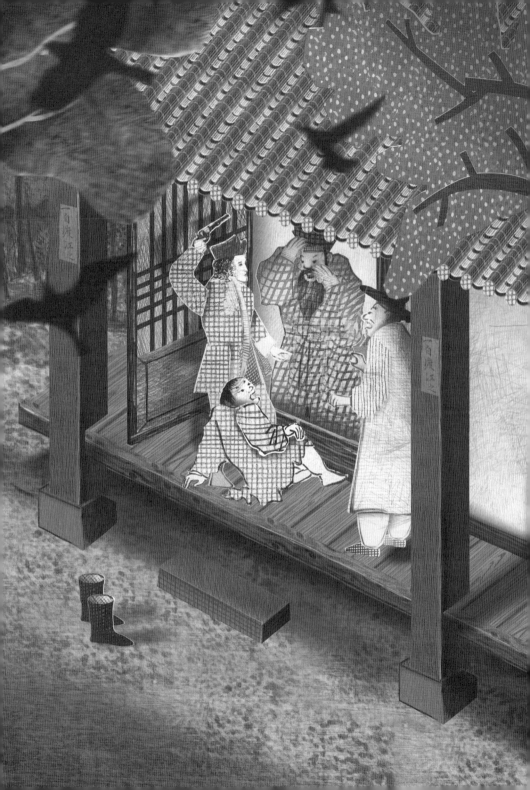

는 탄창에서 총알을 모두 꺼냈다. 총알을 가방에 넣고 한 발만을 남겼다. 총알을 장전한 후 탄창을 돌렸다. 총부리를 자신의 관자놀이에 대며 말했다.

"우리 내기합시다. 조건은 간단합니다. 내가 죽지 않으면 당신이 마을 사람들에게 돈을 돌려주는 겁니다."

박순성이 급박하게 외쳤다.

"그만두시오."

"누가 강한지 알아보는 겁니다. 운 또한 힘의 일부이니까요."

"그만두라니깐."

울프는 말릴 틈도 없이 방아쇠를 당겼다. 아무 일도 일어나지 않았다. 아니, 아무 일도 일어나지 않은 것은 아니었다. 모두가 얼어붙었다. 정신이 반쯤은 나갔다. 울프가 말했다.

"내가 이겼습니다."

박순성은 아무 대꾸도 하지 않았다. 할 수 없었다. 박순성은 여전히 얼어붙은 상태였다. 울프가 말했다.

"돈을 돌려주지 않는 방법도 있습니다."

울프는 빙긋 웃었다. 박순성에게 리볼버를 내밀었다. 얼음 상태에서 벗어난 박순성이 빠르게 손을 내저으며 말했다.

"돈을 돌려주겠소."

"언제 돌려줄 생각입니까?"

"내일까지는 다 돌려주겠소."

"정말입니까?"

"정말이오."

"약속하는 겁니까?"

"하늘에 두고 맹세하오."

울프는 리볼버를 가방 안에 넣었다. 울프가 먼저 자리에서 일어났다. 나와 박순성도 따라서 일어났다. 울프가 부츠를 신는 동안 박순성이 중얼거렸다.

"저런 미친 놈 같으니."

신발을 신은 울프가 베레모를 만지며 가볍게 목례를 했다. 박순성은 허리를 깊이 숙여 인사를 했다. 동헌을 빠져나오기 전 박순성을 보았다. 처음 보았을 때의 박순성이 아니었다. 박순성의 키는 줄었고 몸도 작아졌다. 누군가 바람을 뺀 것 같았다. 바람 빠진 박순성은 볼품없는 노인에 지나지 않았다.


동헌 문을 열자 마을 사람들이 나타났다. 울프를 보았다. 울프는 지친 표정이었다. 박순성에게 항복을 받아 낸 승자의 표정은 아니었다. 승자라는 단어는 수정해야겠다. 울프가 박순성의 항복을 받아 낸 건 사실이었다. 그렇다고 해서 울프가 이겼고 박순성이 졌다고 단정해 말할 수는 없다. 박순성은 결코 돈을 돌려주지 않을 것이었다. 그 사실은 울프도 알고 나도 알고 박순성도 알고 이방도 알았다. 어쩌면 마을 사람들조차도 이미 다 알고 있는 것인지 몰랐다. 그렇다면 울프가 한 일은 과연 무엇일까? 울프에게 환호성을 보내며 기대를 드러냈던 마을 사람들의 태도는 도대체 어떻게 해석해야 할까? 이렇게 말하고 싶다. 그것은 구경이었다. 기대와 무료함이 더해져서 만들어진 새로운 구경거리에 지나지 않았다. 숲속 마을 촌장의 반응이 그 사실을 입증했다. 촌장은 결과를 묻지도 않았다. 그는 허리를 깊숙이 숙여 인사한 후 떠나갔다. 마을 사람들도 촌장의 뒤를 따라 떠났다. 사람들이 떠난 자리를 개들이 채웠다. 울프에게 흥미를 보이는 건 똥개들뿐이었다. 울프가 말했다.

"비숍 여사의 말이 옳았다는 건 인정해야겠군."

나는 아무 말도 하지 않았다. 울프가 말했다.

"여사 말대로 조선의 관원들은 기생충이야. 관아 안에 들어앉아 생명이란 생명은 다 빼앗는 기생충들이야."

울프의 지적은 옳았다. 그러나 울프의 목소리는 어딘지 모르게 공허하게 들렸다. 나는 때맞춰 분 바람 탓으로 돌리기로 했다. 개들이 우리를 보며 짖었다. 개들의 목소리는 우렁찼다.

# 6. 우리가 얻은 것

## 1904. 3. 25. 16:30

　서울은 잿빛 풍경화였다. 우리가 선 언덕 바로 아래부터 오래된 성벽이 시작되었다. 낡고 더러워 검게 보이는 성벽 주위는 온통 초가였다. 굴뚝에서 진한 연기를 내뿜는 초가의 미로 아닌 미로는 평지까지 이어졌다. 궁궐, 대사관과 성당 같은 서양식 건물들, 그리고 궁궐 주변의 넓거나 좁은 기와집들이 미로의 도시 점령을 간신히 막아 냈다. 그것은 중심지, 혹은 큰길의 주변에서나 가능한 일이었다. 뒷골목과 변두리는 여전히 초가와 엉성하게 급조한 건물이 지배하는 세상이었다. 진흙길은 잿빛에 깊이를 더했다. 진흙의 농도에 따라 색깔은 미묘하게 달라졌다. 환한 갈색도 있었고, 어두운 회색도 있었고, 환한 갈색과 어두운 회색을 더한 색도 있었고, 어두운 회색에서 환한 갈색을 뺀 색도 있었다. 길 곳곳에서 혀를 내미는 검은 웅덩이는 잿빛에 음습함을 더했다. 검은 말과 갈색 소도 언급하지 않을 수 없다. 노동으로 단련된 동물들이 없었다면 잿빛 풍경은 완성되지 못했을 것이다. 사람에 초점을 맞추면 서울의 풍경색은 달리 보였다. 구름 빛깔부터 말해야 할 것이다. 거리엔 흰색 덩어리들이 구름처럼 떠다녔다. 구름은 모였다가 흩어졌고 빠르게 움직였다가 멈추었다. 흰옷 입은 사람들이 만들어 낸 변화무쌍한 춤이었다. 구름의 크기와 속도가 변하는 건 구경 때문이었다. 사람들은 구경거리를 찾아 몰리고 흩어졌다. 구경은 할 일이 없어 거리에 나선 사람들이 누릴 수 있는 유일한 즐거움이었다. 울프와 나는 남산의 언덕에 올랐다. 서울이 한눈에 내려다보이는 곳에 서서 구경하는 사람들을 구경하는 중이었다. 구경하는 사람들을 따라다니거나 구경하는 사람들에 의해 쫓겨나는 개들도 함께 구경하는 중이었다. 울프는 조선인들이 흰옷만 고집하는 이유를 도저히 알 수가 없다고 했다. 전쟁에 종군해서 일본군의 짐을 드는, 소속 표시를 위해 얼굴에 붉은 점을 찍은 조선인 짐꾼들조차도 눈에 잘 띄는 흰옷을 입은 것을 보고는 놀라지 않을 수가 없었다고 했다. 울프가 말했다.

"조선인들은 씻는 것을 좋아하지 않아. 그러면서도 흰옷만 고집하지. 고생하는 건 여인들이야. 여인들이 빨래를 방망이로 두드리는 흥겨우면서도 힘겨운 그 소리는 개천이 있는 곳이면 어디서든들을 수가 있어. 영 보이, 끝이 보이지 않는 흰색의 기이한 향연, 조금 이상하지 않나?"

울프의 눈엔 이상하게 보일 수도 있을 것이다. 그랬기에 전에도 비슷한 말을 했다는 사실을 잊었을 것이다. 내겐 자연스러웠다. 그게 이상하다면 밥과 김치를 즐겨 먹는 것도 이상할 것이다. 나는 아무 말도 하지 않았다. 내 침묵이 걸렸던 것 같다. 울프가 말했다.

"원주민을 비하하는 건 아니니 오해는 말도록 해."

나는 아무 말도 하지 않았다. 울프가 내 어깨를 툭 쳤다.

"그래도 봄이긴 봄이로군. 조금 있으면 꽃들의 향연이 시작될 것 같아."

울프의 말대로였다. 조금씩 피기 시작한 개나리와 진달래가 만발하면 서울의 빛깔은 또 달라질 것이다. 그때는 울프 또한 울긋불긋이라는 요란한 단어(colorfully)를 가져와야 할 것이다.


우리는 나흘 전에 순안을 떠났다. 마을 사람들이 모두 즐길 만한 요란스러운 구경거리를 만들어 주고 관아에서 나온 지 두 시간 후의 일이었다.

우리는 숙소에서 기대하지 않았던 사람을 만났다. 표현을 바꿔야겠다. 우리는 정확히 기대했던 사람을 만났다. 데시마 대위였다. 데시마는 마루에 앉아 울프가 고용한 일본인 통역과 이야기를 나누고 있었다. 데시마가 우리를 보았다. 이야기를 중단하고 자리에서 일어났다. 데시마가 말했다.

"어서 오십시오. 기다리고 있었습니다."

데시마가 주인 같고 울프가 손님 같았다. 데시마는 평소와 달랐다. 데시마의 행동엔 조심성과 미안함과 머뭇거림처럼 일본인 고유의 것으로 여겨지는 태도가 결여되어 있었다. 미안한 웃음에 베리 쏘리를 연발하던 사죄의 달인 데시마는 어디론가 사라지고 새로운 데시마가 나타났다. 울프도 변화를 눈치 챘을 것이다. 울프는 말없이 마루에 앉았다. 눈에는 흥미로움이 흘러 넘쳤다. 변화가 긍정적으로 작용하기를 기대하는 사람처럼. 데시마가 말했다.

"통행증을 보여주십시오."

울프가 통행증을 건넸다. 울프의 입이 살짝 앞으로 나왔다. 기대와는 조금 다른 전개였던 것 같다. 울프의 눈에서 흥미로움이 사라지고 불신의 빛이 흘러나왔다. 데시마는 울프의 입과 눈에 신경 쓰지 않았다. 여유롭고 느긋한 고고학자의 표정을 유지하며 한참 동안 통행증을 살폈다. 시선은 여전히 통행증에 둔 채로 데시마가 말했다.

"시모노세키에서 취조를 받으신 적이 있더군요."

울프가 네? 하고 물었다. 데시마는 울프의 질문에 곧바로 대답하지 않았다. 울프의 통행증을 자신의 것인 양 반으로 접어서 가방에 넣었다. 똑같은 가방에서 다른 서류를 꺼냈다. 데시마의 행동에서 민첩함은 찾아볼 수 없었다. 양반에게서 배운 태도를 시연하는 것 같았다. 울프가 손톱으로 뺨을 긁었다. 뺨에 붉은 손톱자국이 길게 났다. 울프가 얼굴을 만지며 말했다.

"취조라기보다는 그와 비슷한 무언가를 받은 적이 있기는 합니다. 조금 놀랐습니다만 어쨌든 통상적인 절차 정도였던 것으로 기억합니다. 하지만 다 지난 이야기입니다. 그 이야기를 지금 하는 이유가 무엇입니까?"

"시모노세키 항구 곳곳을 찍으셨다면서요?"

"네?"

"경찰서에서 보내온 조서에 적혀 있습니다. 미국인 잭 런던은 시모노세키 항구의 주요 시설을 관계자의 허락도 없이 찍었다. 심문한 결과 잭 런던은 자신의 혐의를 순순히 인정했다…"

"아이들 사진을 찍었습니다. 혐의를 인정하다니요, 그런 말은 처음 듣습니다"

"조서에 적혀 있는 내용을 읽었을 뿐입니다. 기록이 있는데도 불구하고 딱 잡아떼는 귀하의 과민한 반응이 오히려 저를 당혹스럽게 하는군요. 잘 생각하시고 냉정하게 대처하셨으면 하는 바람입니다. 이해가 잘 안 되신다면 입장을 한 번 바꿔서 생각해 보시는 것도 좋겠습니다. 귀하가 저라면 조서의 내용을 믿으시겠습니까, 피의자의 일방적인 주장을 믿으시겠습니까?"

"피의자라니요?"

"귀하는 기소중지된 상태입니다. 조선에 가셔야 한다고 호소하

셨기에 양국 간의 특별한 관계를 고려해서 특혜를 드린 겁니다. 그러나 일시적인 유예 조치지요. 법 앞에서는 만인이 평등합니다. 예외는 없습니다. 이번에 일본에 들어가시면 정식으로 기소될 가능성이 매우 높습니다."

"무슨 말인지 도무지 모르겠습니다. 나는 전쟁을 취재하러 왔습니다. 전쟁은 조선에서 벌어지고 있습니다. 당분간 일본에 갈 생각은 전혀 갖고 있지 않습니다."

데시마는 가방에서 새로운 서류를 꺼냈다. 데시마가 말했다.

"대일본제국 전쟁성의 견해는 그렇지 않습니다. 여기에 이렇게 적혀 있습니다. 이 문서를 받는 즉시 미국인 잭 런던을 일본으로 송환할 것. 거부할 경우에는 잭 런던에게 주어졌던 모든 특혜를 즉시 박탈할 것."

울프가 말했다.

"제가 좀 봐도 되겠습니까?"

데시마는 울프에게 서류를 건넸다. 서류는 일본어였다. 울프는 일본어 서류를 한참 노려보았다. 의미 없는 해독을 마친 울프가 말했다.

"이게 다 무슨 일인지 모르겠습니다. 오전에 만났을 때는 왜 말하지 않았습니까?"

"저의 실수입니다. 죄송합니다."

데시마에게서 처음으로 나온 공손한 표현이었다. 울프가 물었다.

"사사키 장군께서는 이 일을 알고 계십니까?"

"장군과는 관계가 없는 일입니다."

"나에 대한 허가와 책임은 장군에게 있지 않습니까?"

"그렇기도 하고 그렇지 않기도 합니다."

"그렇기도 하고 그렇지 않기도 하다니 도대체 무슨 말입니까?"

"말 그대로입니다. 더 이상의 설명은 불가능합니다."

울프가 물었다.

"그럼 나는 어떻게 해야 합니까?"

일본인 통역이 데시마의 귀에 대고 무엇인가를 말했다. 둘은 고개를 돌리고 이야기를 나누었다. 울프와 나는 일본어를 이해하지 못했다. 그럼에도 둘은 비밀스러운 대화 방식을 고수했다. 울프가 비용을 지불하는 일본인 통역과 비밀 회동을 마친 데시마가 말했다.

"일본으로 돌아가서 여러 문제를 직접 해결하시는 게 가장 좋은 방법입니다. 하지만 지금의 상황을 고려하면 그건 좀 지나치게 융통성 없는 조처가 되겠지요."

"그럼 어떻게 하면 되겠습니까? 방법을 알려 주십시오."

"서울로 돌아가십시오. 사사키 장군과 제가 적절한 방법을 찾아 보겠습니다."

"사사키 장군은 모르는 일이라면서요?"

"그렇게 말하지 않았습니다. 관계가 없는 일이라고 말씀드렸을 뿐입니다."

울프는 입을 조금 벌리고 얼굴을 쓰다듬었다. 울프가 물었다.

"박순성 때문입니까?"

"박순성은 관계가 없습니다."

"정말입니까?"

"다시 말씀드리겠습니다. 귀하가 시모노세키 항구에서 잘못된 행동을 하신 것이 이유입니다. 당신은 러시아 간첩으로 오인받을 만한 행동을 했습니다. 우리가 러시아와 싸우고 있는 건 아시겠지요."

"그것이 이유라고 보기에는 당신이 날 찾아온 시간이 너무 절묘하지 않습니까?"

"무슨 말씀을 하시는 건지 모르겠습니다."

"정말 모릅니까?"

"그렇게 생각하신다면 그렇게 보일 수도 있겠습니다. 오해입니다. 전혀 그렇지 않습니다."

"왜 박순성의 편을 드는지 모르겠습니다. 박순성은 당신이 건넨 돈을 혼자서 다 챙겼습니다. 군인인 당신의 명예를 훼손하는 행동을 한 것입니다. 아니 대국적인 견지에서 보면 전쟁에 임하는 일본의 공정한 태도마저 의심받게 만들 수 있는 위험천만한 사건입니다."

"우리는 박순성의 편을 들지 않습니다. 그러나 일본의 태도까지 말씀하시니 알릴 것은 알리고 넘어가는 게 좋겠다는 생각도 드는군요. 일본군은 국가의 지침에 따라 마을 사람들에게 정당한 대가를 지불했습니다. 박순성은 마을의 책임자니 공정하게 집행했을 것입니다."

울프가 하-하-하 웃었다.

"공정이라니요? 일본에서는 도둑질을 공정이라고 부릅니까?"

데시마는 웃지 않았다. 데시마가 급격히 어두워진 얼굴로 말했다.

"우리는 귀하에게 공손하게 대했습니다. 귀하의 요구를 대부분 다 수용했습니다. 전쟁 중임에도 불구하고 귀하에게 편의를 제공하기 위해 많은 노력을 기울였습니다. 그런데 귀하는 우리를 전혀 존중하지 않는 것 같군요. 귀하의 말은 꼭 우리를 비난하는 것처럼 들립니다."

"이웃 국가로서의 책무를 다하기 위해 조선에 왔다고 했지요? 나는 그 말을 조선인들의 삶을 개선시키겠다는 의지로 이해했습니다. 그렇다면 조금 더 적극적으로 행동해야 합니다. 조선의 부패한 관리들을 용인해서는 아무것도 이룰 수 없습니다. 그런 식의 일 처리라면 조선인들은 당신들을 결코 신뢰하지 않을 겁니다."

"조선에 대해서는 우리가 더 잘 압니다. 황인종은 황인종끼리 통하는 법입니다."

"인종 문제를 말하는 게 아닙니다."

"그렇게 말씀하실 자격이 있는지 모르겠습니다. 러시아를 옹호하는 기사를 종종 쓰셨더군요. 백인에 대한 애정이 문장 곳곳에 드러나 있더군요."

"제가 쓴 기사도 검열합니까?"

"검열이 아니라 관찰입니다."

"나에게 신경 쓰지 말고 조선 관리들 단속이나 잘하십시오."

데시마가 입술을 깨물었다. 잠시 후 데시마가 말했다.

"도대체 언제부터 조선 내부에 이렇게 지대한 관심을 가지셨습니까? 강한 자가 살아남는 법입니다. 조선은 스스로 걷지도 못하는 나라입니다. 조선인은 한낱 개에 지나지 않는 벽에게 물려 죽어도 이상하지 않은 사람들입니다. 미개한 조선인은 벽에게 물려 죽은 이하트 인디언과 다를 바가 전혀 없는 존재들입니다."

울프가 빙긋 웃었다. 부쩍 힘이 빠진 목소리로 말했다.

"내가 쓴 책을 읽었군요."

데시마가 자리에서 일어나며 말했다.

"이야기는 끝났습니다. 한 시간 안에 떠나십시오."

울프는 따라서 일어나지도 않았고, 대답도 하지 않았다. 데시마가 말했다.

"귀하의 책을 사랑하는 독자로서 마지막 조언을 드리겠습니다."

데시마는 영어로 다음과 같이 말했다. 그의 영어는 능숙했다.

"조선인을 절대로 믿지 마십시오. 조선인은 모든 문제의 근원입니다."

　내 부모가 어떤 사람들이었느냐고 울프가 물은 적이 있다. 어둠
을 뚫고 순안을 떠난 우리가 보발재에서 머문 밤이었다. 나는 모르
겠다고 했다. 생각해 본 적도 없다고 했다. 울프는 내 부실한 답변
에 신경 쓰지 않았다. 울프에게는 하고 싶은 말이 있었다.
　"내겐 두 명의 아버지와 한 명의 어머니가 있었어."
　울프의 첫 번째 아버지는 떠돌이 점성술사였다. 울프의 어머니
는 점성술 연구 모임에서 아버지를 만났다. 두 사람은 동거를 시
작했다. 얼마 후 어머니의 뱃속에 울프가 들어섰다. 점성술사는 울
프의 탄생을 원하지 않았다. 울프를 짐으로 여겼다. 지우기를 원했
다. 어머니의 생각은 달랐다. 별의 인연을 내세웠다. 별의 축복으
로 만들어진 아이니 낳아야 한다고 주장했다. 점성술사는 별의 인
연과 축복을 믿지 않았다. 사기꾼의 헛소리로 여겼다. 점성술사는
결단이 빨랐다. 자신의 숙소에서 어머니를, 혹은 어머니와 울프를
쫓아냈다.
　"난 하마터면 태어나지도 못할 뻔했어. 점성술사가 없는 세상을
어머니는 원하지 않았거든."
　울프의 어머니는 두 번이나 자살 시도를 했다. 한 번은 목을 맸
고, 다른 한 번은 약을 마셨다. 두 번 다 실패했다. 어머니의 하나
뿐인 친구와 성분 미상의 엉터리 독약이 죽음을 막았다. 죽음에서

부활한 어머니는 울프를 낳았다. 8개월을 기다렸다가 다른 남자를 만났다. 울프에게는 두 번째 아버지가 생겼다.

"어머니의 취향은 확실히 독특했지. 점성술사는 어머니보다 스무 살 이상 나이가 많았어. 두 번째 아버지는 열 몇 살 위였지만 두 명의 딸이 있었지. 둘 다 막상막하였던 셈이지."

아버지의 정의에 조금 더 어울리는 사람은 두 번째 아버지였다. 점성술사는 자신이 하고 있는 일과는 달리 지독하게 현실적인 사람이었다. 그는 울프의 생물학적인 아버지라는 기초적인 사실조차 부인했다. 스물한 살의 울프가 친부 확인을 위해 편지를 보냈을 때의 이야기. 점성술사는 편협하고 냉랭해서 탄탄하게 들리는 논리로 답했다.

'나는 당신의 어머니라는 사람과 결혼하지 않았소. 3일 동안 함께 살았던 사실은 인정하겠소. 그즈음 나는 지치고 피폐한 상태였소. 침대에 눕자마자 정신을 잃을 지경이었소. 아이를 만들 만한 상태가 못 되었다는 뜻이오. 그러므로 나는 당신의 아버지가 아니오. 내가 아니면 누구냐고? 그건 내 알 바가 아니오.'

두 번째 아버지는 울프를 친아들처럼 대했다. 그에게 부족한 것은 가족을 부양할 만한 힘이었다. 목수였던 두 번째 아버지는 경제 관념이 부족했고 의지가 박약했고 신체가 부실했다. 일하는 날보다 드러누워 있는 일이 더 많았다. 언제인가부터는 뚜렷한 이유도 없이 일을 그만두었다. 그날 이후로 울프가 가족의 생계를 책임졌

음은 이미 말한 바 있다. 어머니는 왜 일을 하지 않았느냐고 물을 수도 있겠다.

"어머니는 정신이 온전한 사람은 아니었어. 살아 있는 사람보다는 별의 움직임과 심령의 존재에 더 관심이 많았지. 그럼에도 어머니는 내 노동만큼은 잊지 않고 독려했어. 정해진 시간에 내가 더 많은 일을 할 수 있도록 매의 눈으로 감시를 했지."

울프는 물개잡이 배에서 7개월을 보낸 후 다시는 집으로 돌아가지 않았다. 울프를 비난해선 안 된다. 가족의 부양까지 그만둔 것은 아니었으니까. 울프는 할 일은 하는 사람이었다. 그저 그들과 같이 사는 건 스스로 무덤을 파는 것과 다르지 않다고 여긴 것뿐이었다. 울프의 이야기는 갑자기 끝났다. 그 이후의 일에 대해 울프는 말하지 않았다. 울프는 내게로 화살을 돌렸다.

"이제 네 부모에 대한 이야기를 해 봐."

나는 할 말이 없다고 했다. 기억나는 것은 아무것도 없다고 했다. 설령 기억이 나더라도 말하고 싶지는 않다고 했다. 울프가 물었다.

"박순성과는 무슨 이야기를 했어?"

울프는 박순성과 내가 자신을 배제하고 길게 나눈 대화의 내용을 궁금하게 여겼다. 나는 특별한 이야기는 없었다고 했다. 원래 양반들은 쓸데없이 길게 말하는 것을 좋아하는 법이라고 했다. 밥 먹었느냐는 질문 하나를 가지고 한 시간 동안 말할 수 있는 사람들이 바로 양반들이라고 했다. 이어진 울프의 말이 나를 놀라게 했고 즐겁게 했다. 울프가 말했다.

"영 보이, 박순성이 혹시 영 보이의 아버지 아니야? 둘이 정말 닮았던데. 눈매며 콧날이며 턱 선이 아버지와 아들처럼 똑같던데."

울프는 서울에 머무는 건 무의미하다고 했다. 평양으로 갈 생각이라고 했다. 사사키 장군과 이야기가 잘되었다고 했다. 사사키 장군은 시모노세키의 경찰들이 애꿎은 울프를 괴롭혔다고 했다. 전쟁이 만들어 낸 예민한 분위기가 경찰들의 과민 반응을 불러왔다고 했다. 사사키 장군은 데시마 대위에 대해서는 전혀 언급하지 않았다. 울프가 말했다.

"사사키 장군은 본인이 북쪽으로 진군할 경우 나와 동행하겠다고 약속을 했어. 북쪽으로 가는 날이 언제인지에 대해서는 전혀 말하지 않았지만."

처음 듣는 말은 아니었다. 울프가 사사키 장군을 처음 만났을 때에도 장군은 같은 약속을 했다. 울프에게 물었다.

"준비를 할까요?"

울프는 대답하지 않았다. 나는 더 묻지 않았다. 울프는 대답을 한 거나 마찬가지였다. 울프가 말했다.

"영 보이, 너도 꽤 유명 인사가 되었더라. 사사키 장군이 너의 이름까지 알고 있더라."

울프가 내 눈을 보았다. 지금껏 본 적이 없는 눈빛. 동정심과 안타까움이 약간의 애정과 섞인 눈빛. 싫었다. 고개를 돌리고 말했다.

"만영이라는 이름은 흔한 이름입니다."

"그렇게 생각하니?"

"네, 그렇게 생각합니다."

울프가 말했다.

"사사키 장군은 시모노세키 사건을 무마해 주는 조건으로 한 가지를 요구했어. 만영이라는 조선인을 고용해서는 안 된다는 것. 영 보이, 이제 너는 국제적으로 악명을 떨치는 존재가 된 거야."

울프가 두꺼운 손으로 내 머리를 쓰다듬었다. 나는 고개를 돌려 울프의 손아귀에서 벗어났다. 울프가 물었다.

"사사키 장군이 영 보이 네가 조선의 고위 관료와 연결되어 있을 수도 있다고 말하더라. 확실한 건 아닌데 가능성도 있다고 말하더라. 일본군이 아무 말이나 함부로 내뱉지 않는다는 사실은 너도 잘 알고 있겠지. 영 보이, 어떻게 생각하나?"

나는 아무 말도 하지 않았다. 할 말 또한 없었다. 울프가 말했다.

"대답하기 싫은 모양이로군. 그렇다면 더 묻지 않겠다. 아무튼 영 보이, 미안하다. 널 끝까지 지지했어야 했는데 그러질 못했다. 나로서도 문제를 더 키우고 싶지는 않았어. 내 입장을 이해해 주었으면 좋겠다. 나에겐 전쟁을 취재해야 할 의무가 있으니까."

나는 고개를 들었다. 빙긋 웃으며 말했다.

"괜찮습니다. 처음 겪는 일도 아닙니다."

"영 보이, 화난 건 아니겠지?"

"아닙니다. 전혀 그렇지 않습니다."

울프가 고개를 끄덕였다. 울프는 주머니에서 지갑을 꺼냈다. 달러를 꺼내서 건넸다. 내가 말했다.

"약속했던 금액이 아닙니다."

"문제가 있나?"

"너무 많습니다."

울프가 말했다.

"18달러로 합의하지 않았나?"

"제 손에 있는 금액은 23달러입니다."

"5달러는 계약금이야. 다음에 조선을 방문할 때를 대비해서. 그때도 나는 영 보이 자네를 통역으로 쓸 계획이거든."

나는 땡큐라고 말하고는 지폐를 주머니에 넣었다. 울프는 내게 계획을 물었다. 생각해 본 적이 없었다. 입에서 나오는 대로 말했다.

"부랑 여행을 할 겁니다."

울프가 하-하-하 웃었다. 울프는 기차를 추천했다.

"우선은 제물포로 가는 기차로 시도해 봐. 일본군이 관리하는 철도라 난이도가 높은 편이지. 종착역까지 들키지 않고 간다면 부랑자로서 영 보이의 앞날은 보장된 거나 마찬가지야."

울프가 기뻐하는 것이 마음에 들었다. 울프의 표정에 현혹되어 한 번도 생각해 본 적도 없는 또 다른 계획을 말했다.

"늑대가 주인공인 이야기를 쓸지도 모릅니다."

울프가 입술을 오므려 새소리를 냈다. 울프가 말했다.

"이거 뜻밖의 반전인걸. 영 보이가 작가를 꿈꾸고 있었을 줄은 까맣게 몰랐네."

울프는 작은 가방 안에서 노트와 연필을 꺼냈다. 그것들을 내게 건네며 말했다.

"좋은 이야기를 쓰는 비결을 알려 주마. 죽도록 고생하고 얻은 비결인데 영 보이 너한테만 특별히 알려 주겠다. 비결은 간단해. 노트를 늘 곁에 두는 것이지. 밥 먹을 때에도, 걸을 때에도, 잠을 잘 때에도 이 노트를 곁에 두면 되는 거야. 왜 그런 줄 알아? 생각은 나비처럼 날아오고 바람처럼 불어와. 날아오고 불어올 때 잡지 않으면 사라져 버리지. 나비와 바람을 그리워해도 아무 소용이 없어. 말 그대로 그것들은 사라진 거니까. 그러니 나비와 바람을 잡아서 노트에 집어넣어야 하는 거야. 노트는 일종의 저장 창고인 셈이지. 창고 안에 든 건 바로 너의 무기들이고."

울프는 내게 주었던 노트와 연필을 다시 가져갔다. 연필로 노트에 무엇인가를 쓴 후 그것들을 다시 돌려주었다. 노트엔 이렇게 적혀있었다.

'Work!'

울프가 말했다.

"영 보이, 쉬지 말고 공부하기를 바란다. 책만큼 좋은 건 없다는 사실을 기억하기 바란다. 구할 수 있는 책들을 모두 읽어라. 의심해라. 생각해라. 답을 찾아라."

연설하듯 말한 울프는 내게 주었던 노트와 연필을 다시 가져갔다. 연필로 노트에 무엇인가를 쓴 후 그것들을 다시 돌려주었다. 노트엔 그의 이름과 주소가 적혀 있었다. 울프가 말했다.

"영 보이, 자네는 끝까지 날 흥분시키는군. 내게도 꿈이 있어. 요트를 타고 세계를 일주하는 꿈! 마지막 부랑 여행으로 그보다 좋은 건 없겠지. 세상에 하나밖에 없는 집을 짓는 꿈! 나는 그 집에서 공부하며 글을 쓰며 울프의 삶을 살아갈 거야."

나쁘지 않게 들렸다. 울프다운 꿈이기도 했다. 울프가 말했다.

"영 보이, 이왕이면 미국에서 널 다시 봤으면 좋겠다. 미국의 기차를 생각해 봐. 조선의 몇백 배 되는 넓은 땅을 기차가 달리고 있어. 너는 네가 원하는 만큼 부랑 여행을 할 수가 있어. 부랑 여행을 마치면, 시간이 된다면 내게도 들렀으면 좋겠다. 너의 부랑 여행에 대해, 너의 글에 대해, 조선에 대해, 미국에 대해, 세계의 미래에 대해, 인류의 삶에 대해 함께 이야기를 나누었으면 좋겠다. 초청장 같은 건 기대하지 마라. 너에게 초청장을 보낼 생각은 전혀 없다. 그 이유는 알겠지?"

나는 고개만 끄덕였다. 울프가 주먹으로 내 어깨를 툭 치며 말했다.

"진정한 부랑자라면 너 스스로 미국에 올 수 있을 거야."

울프는 내게 주었던 노트와 연필을 다시 가져갔다. 연필로 노트에 무엇인가를 쓴 후 그것들을  다시 돌려주었다. 노트엔 이렇게 적혀있었다.

'혁명을 위하여!(Yours for the revolution!)'

울프는 들떠 있었다. 내게 말하는 게 아니라 스스로에게 주문을 거는 사람처럼 보였다. 울프다운 모습이었다. 울프는 내게 말하면서 나를 잊었다. 자신에 집중했다. 이제 헤어져야 할 때가 되었다고 생각했다. 울프를 다시 만날 수 있을까? 아마도 불가능할 것이다. 온갖 종류의 가정을 넘어서야만 가능한 일이었다. 나는 아껴두었던 마지막 질문을 했다.

"박순성 앞에서 리볼버를 들고 한 행동에 대해 묻고 싶습니다."

"오케이."

"죽을 수도 있는 것 아니었습니까?"

울프가 손가락을 튕기며 말했다.

"러시안룰렛 말이군. 난 죽지 않아. 별이 날 지켜 주거든."

"정말 그렇게 생각했습니까?"

"물론 별도의 안전장치도 필요하지. 날 지켜 주는 별이 잠시 한눈을 팔 수도 있으니까. 영 보이, 내가 마술사의 조수로 있었다는 이야기는 한 적이 없나?"

그런 이야기는 한 적이 없었다. 울프는 작은 가방에서 리볼버를 꺼냈다. 탄창에서 총알을 모두 제거했다. 나머지는 주머니에 넣고 한 발의 총알만 손바닥에 남겼다.

　"영 보이, 눈 크게 뜨고 잘 봐."

　울프는 총알을 탄창에 넣은 후 다시 탄창을 돌렸다. 숨을 크게 내쉰 후 총부리를 관자놀이에 댔다. 리볼버의 방아쇠를 당겼다. 아무 일도 일어나지 않았다. 울프는 같은 동작을 다섯 번 더 반복했다. 아무 일도 일어나지 않았다. 울프는 빙긋 웃었다. 손바닥을 폈다. 손바닥엔 총알이 그대로 있었다. 울프가 말했다.

　"난 아직은 죽고 싶지 않아."

　나는 빙긋 웃었다. 울프는 마술사의 조수로서는 자격 미달이었다. 리볼버의 방아쇠를 당기는 내내 손바닥으로 감싼 총알이 보였다는 사실은 말하지 않기로 했다. 박순성 앞에서 방아쇠를 당겼을 때 울프의 손바닥에 아무것도 없었다는 사실은 말하지 않기로 했다. 울프가 내 머리를 쓰다듬었다. 나는 피하지 않았다. 울프가 말했다.

　"영 보이, 아무리 봐도 넌 조선인 같지 않아. 그건 축복이야. 너에겐 남들이 갖지 못한 힘이 있다는 사실을 잊지 말도록 해."

　나는 땡큐라고 대답했다. 울프의 시선이 언덕 아래로 향했다. 울프가 말했다.

　"영 보이, 서울은 참 평화로워. 전쟁이 벌어지고 있는 국가의 수도라는 생각이 전혀 들지 않아. 그러나 전쟁이 없는 건 아니야. 북쪽에서는 전쟁이 벌어지고 있으니까. 물론 서울이 전쟁터로 변하는 일은 없을 거야. 하지만 또 다른 진실도 있지. 서울은 지금과 같은 평화를 유지하지도 못할 거야. 어느 쪽이 이기든 서울의 평화는 결국 깨지고 말 거야."

울프의 말을 부인하기는 힘들었다. 이 전쟁은 허물어지기 직전인 조선을 완전히 무너뜨릴 것이 분명했다. 그때는 서울도 순안처럼 될 것이다. 점성술사도 마술사도 아닌 나 같은 어리석은 원주민의 눈에도 그 사실 하나만큼은 분명해 보였다.

# 7. 그리고

## 1919. 3. 14. 10:00

1904년의 조선보다 더 완벽한 폐허가 내 눈앞에 나타났다. 완공되었더라면 중세 잉글랜드의 성처럼 거대한 규모였을 것이다. 계획은 실현되지 않았다. 방화 때문이었다. 인간이 지른 불에 굴복한 석조 건물은 검게 그을린 외벽과 기둥으로만 남았다. 성으로 부화하지 못하고 껍데기뿐인 잔해로 퇴화했다. 무릎까지 자란 풀들을 헤치고 폐허 구경을 갔다. 입구로 추정되는 외벽 앞에서 멈추었다. 바람의 통로가 된 공허한 입구는 오래전 조선을 떠올리게 만들었다. 우리가 가장 오래 머물렀던 순안엔 문과 창문이 없는 집이 태반이었다. 때맞춰 바람이 불었다. 휘휘 휘파람 소리가 났다. 풀들이 좌우로 흔들렸다. 공기에서는 아직도 숯 냄새가 났다. 구름 그

늘이 얼굴을 덮었다. 고개를 들었다. 구름은 군대처럼 빠르게 전진하고 있었다. 구름 틈으로 태양이 잠시 모습을 드러냈다. 군대의 힘이 태양보다 강했다. 태양은 다시 사라졌다. 폐허는 꿈처럼 환해졌다가 본래의 어둠으로 되돌아왔다. 한 걸음 앞으로 다가갔다. 머뭇거리던 나는 조심스럽게 외벽에 손바닥을 댔다. 따뜻했다. 꿈틀거렸다. 살아있는 것 같았다. 무언가의 흔적이 느껴졌다. 기뻤다. 들판 너머에서 늑대가 울었다. 코요테인지도 몰랐다. 살아 있는 늑대를 나는 단 한 번도 본 적이 없었다. 울음소리 또한 들어 본 적이 없었다. 소리가 이어지기를 기다렸다. 소리는 더 이상 들리지 않았다. 환청이었을까? 소리가 사라진 들판은 고요했다. 지독한 고요에 정신이 멍했다. 고요의 깊이에 울음소리를 들었던 기억은 역사 너머로 사라졌다. 이번엔 외벽에 귀를 댔다. 우와 웅의 중간 음이 들렸다. 짧게 끊어졌던 음은 금세 다시 이어졌다. 끊어졌다 이어졌고 이어졌다 끊어졌다. 규칙이 있는 것 같았다. 해독은 불가능했다. 귀를 뗐다. 주먹으로 외벽을 톡톡 두드렸다. 외벽은 반응하지 않았다. 톡톡, 한 번 더 두드렸다. 외벽은 꿈쩍도 하지 않았다. 외벽은 자신의 속내를 철저하게 감추고 있었다. 이방인의 접근을 쉽게 허락하지 않았다. 깊은 숨을 내쉬고 외벽을 보았다. 외벽 너머를 보았다. 외벽 너머는 낯선 세상이었다. 나는 저 외벽을 넘어가 본 적이 없었다. 출입이 금지된 것은 아니었다. 언젠가는 안쪽을 거니는 중년 부부를 보기도 했다. 나는 그럴 수 없었다. 그래선 안 될 것 같았다. 이유를 설명하기란 불가능했다. 나는 그 생각을 영원히 고수하기로 했다. 안쪽은 안쪽으로 남겨 두기로 최종 결정을 내렸다. 주머니에서 5달러를 꺼내 돌 틈에 꽂아 넣었다. 돌은 지폐를 쉽게 감추었다. 지폐를 도둑맞을 염려는 하지 않아도 되었다. 돌은 성실하게 임무를 완수할 것이다. 지폐는 주인에게 돌아갈 수 있을 것이다. 작업을 마친 나는 베레모에 손을 댔다. 비밀의 침묵을 고수하는 건물에게, 죽어서도 영원히 주인일 것이 분명한 남자에게 경의를 표했다. 돌아섰다. 울프의 부인이 서 있었다. 서늘한 눈매가 유독 울프를 닮은 부인은 웃으며 말했다.

"올해도 잊지 않고 왔군요."

울프는 1916년 11월 마흔 살의 나이로 세상을 떠났다. 울프의 사인은 불분명했다. 그의 침실엔 술병과 약병이 함께 있었다. 술과 약이 함께 발견되었다는 사실이 해석을 복잡하게 만들었다. 따로 먹었을 경우에는 건강을 조금 해칠 정도의 양이었다. 함께 먹었을 경우에는 죽음을 유발할 가능성도 있는 정도의 양이었다. 죽음을 둘러싼 논란이 일어났다. 울프를 알았던 사람들조차 양편으로 갈라졌다. 자살을 주장하는 사람들은 방화의 충격으로 생긴 상실감과 우울증과 가정불화를 주장했다. 사고사를 주장하는 사람들은 사회주의에 대한 집요한 신념과 미래에 대한 열망과 강인했던 삶의 의욕을 주장했다. 결론은 쉽게 나지 않았다. 원인 규명에 혈안

이 된 사람들은 울프가 죽었다는 사실에는 오히려 무관심했다. 지나치게 요란한 관심은 오래가지 못했다. 울프를 대체할 사건은 많고도 많았다. 사람들은 울프를 조금씩 잊었다. 얼마 후 울프는 진정한 죽은 자가 되었다. 1917년 3월, 나는 폐허가 된 울프 하우스를 처음으로 방문했다. 울프의 부인에게 내 이름을 말했다. 부인은 나를 알고 있었다. 부인은 나를 친구처럼 대했다. 내 손을 잡고는 울프가 죽기 전까지 지냈던 집으로 이끌었다. 집의 중심은 울프의 서재였다. 부인은 그가 즐겨 앉았던 흔들의자에 내가 앉기를 원했다. 공짜 환대는 아니었다. 어색하게 의자에 엉덩이를 붙인 내게 부인은 다짜고짜 어느 쪽인지를 물었다. 나는 어느 한쪽으로 결론을 내릴 만큼 울프를 잘 알지는 못한다고 대답했다. 부인은 내 대답을 마음에 들어 했다. 나는 부인의 시험을 통과한 것이다. 부인이 말했다.

"남편이 영 보이를 그리워한 이유를 알겠네요."

영 보이라는 단어가 내 마음을 흔들었다. 10여 년 만에 다시 들어 보는 그리운 호칭이었다. 울프가 떠난 후 나를 영 보이로 불러 주는 사람은 아무도 없었다. 그리워했다는 말은 믿지 않기로 했다. 울프는 감정을 그런 식으로 드러내는 사람이 아니었다. 아마도 부인이 인사치례로 한 말일 것이다. 나는 너무 늦게 와서 죄송하다고 했다. 부인이 말했다.

"그럴 만한 사정이 있었겠지요."

부인은 무슨 사정이었는지 묻지 않았다. 부인이 말했다.

"오히려 늦게 와서 다행이라는 말을 하고 싶군요. 죽기 전의 울프는 예전의 울프가 아니었어요. 하루 종일 술에 빠져 살았고, 조그마한 일에도 화를 벌컥 냈고, 제대로 된 글은 쓰려고 하지도 않았어요. 심지어는 본인이 그동안 썼던 글들을 쓰레기라고 부르기도 했어요. 온 힘을 다 바쳐 쓰느라 스스로를 지치게 만들었던 글들을 말이에요. 울프 자신이나 다름없었던 그 글들, 거칠고 솔직하고 괴이하고 아름답고 자기중심적이고 때로는 야비하기까지 했던 그 글들을 말이에요. 물론 난 울프의 말이 진심이었다고 생각하지는 않아요. 그건 병의 증상이었지요. 울프 하우스가 불에 타 버린 후 시작된 병 때문이었지요. 울프는 나마저도 미워했어요. 내가 불을 지른 것처럼 내게 화를 내고 폭언을 퍼부었어요. 방화를 한 자는 고마워해야 할 거예요. 울프는 범인 대신 나를 화풀이 대상으로 삼았으니까요. 나는 울프에게 맞서지 않았어요. 그건 진짜 울프가 아니었어요. 진짜 울프는 나를 늘 아껴 줬지요. 나는 울프가 원래의 울프로 돌아오길 기다렸어요. 하지만 죽을 때까지 병이 가져온 그 증상들은 사라지지 않았어요."

부인의 말은 사실일 것이었다. 울프가 죽기 얼마 전에 했던 인터뷰를 도서관에서 찾아 읽은 적이 있었다. 울프는 사는 것이 지겹다는 식의 말을 했다. 사회를 개혁하는 일에도 관심이 없고, 돈에도 관심이 없으며, 예술 작품으로서의 글을 쓰는 일에도 관심이 없다고 했다. 삶에 지쳐 버린 남자의 음울한 고백이라 부를 만했다. 그 인터뷰에선 열정과 힘의 흔적조차 느낄 수 없었다. 그건 내가 알던 울프, 좌절을 모르던 울프, 힘을 숭배하던 울프가 아니었다. 나는 생각했다. 그때 울프를 찾아왔더라면 어떻게 되었을까?

나는 부인에게 서재를 둘러봐도 되겠느냐고 물었다. 부인은 울프처럼 빙긋 웃으며 고개를 끄덕였다. 서재는 울프의 유배처이자 유적지였다. 책상 위엔 타자기와 녹음기, 그리고 그가 쓰레기라고 불렀던 책이 놓여 있었다. 책을 들어 펼쳐 보았다. 낡은 책에서 나는 꿈꿈한 먼지 냄새가 서양인의 체취와 섞여서 났다. 그리운 냄새였다. 타자기 자판도 톡톡 쳐 보았다. 살아서 꿈틀거리는 경쾌한 기계음이 서재 안을 가득 채웠다. 예상보다 큰 소리에 조금 놀랐다. 부인을 보았다. 부인은 창밖을 응시하고 있었다. 타자기 뒤편엔 책장이 있었다. 책장 앞엔 2단 철제 파일함이 자리를 잡았다. 책장에 꽂힌 낯익은 책 한 권. 비숍 여사의 책. 또 다시 그리워질까 봐 꺼내지 않았다. 빛바랜 책등만 쓰다듬었다. 파일함 위에 놓인 크고 작은 액자들이 내 시선을 사로잡았다. 사진의 대부분은 부인과 찍은 것이었다. 요트 안에서 찍은 사진이 있었고, 거대한 산봉우리를 배경으로 찍은 사진이 있었고, 함께 말을 타는 사진이 있었다. 오른쪽 끝 사진은 이질적이었다. 울프와 내가 함께 찍은 사진이었다. 울프는 웃고 있었다. 나는 이를 악문 뚱한 표정이었다. 우리 뒤로 성벽이 보였다. 성벽엔 두 명의 아이가 올라가 놀고 있었다. 흰옷 입은 아이들. 더러운 아이들. 서울이 아직 조선의 수도이던 시절 찍은 사진이었다. 우리가 헤어지기 전에 찍은 사진이었다. 그때 나는 울음을 참고 있었다. 울프에게 눈물을 보이기 싫어서 애를 쓰고 있었다. 왜 그랬을까? 어차피 다시는 못 볼 사람이었는데. 흔들의자로 돌아와 앉았다. 의자가 소리 없이 흔들렸다. 살짝 뜬 느낌. 다른 세상의 느낌. 부인과 눈이 마주쳤다. 다른 세상이라면 내 어설픈 사연을 털어놓아도 좋겠지. 내가 말했다.

"미국에는 2년 전에 들어왔습니다. 여권도 없었는데, 걱정도 많았는데, 무사히 들어왔습니다."

부인은 아무 말도 하지 않았다. 빙긋 웃었을 뿐이었다. 내가 말했다.

"미국이라는 나라에서 도대체 뭘 했느냐고 묻고 싶으시겠지요. 지난 2년 동안 내가 이룬 것은 없습니다. 그 어떤 결실도 맺지 못했습니다. 아무것도 하지 않았던 건 아닙니다. 나는 울프의 길을 걸었습니다. 울프가 알려 주었던 길을 내 발로 걸었습니다. 울프 순례의 처음은 기차로 하는 부랑 여행이었습니다. 울프는 내게 방법을 알려 주었습니다. 자신이 알려 주는 지침만 잘 지키면 돈 한 푼 내지 않고 편안히 기차를 타며 미국을 여행할 수 있다고 했습니다. 울프의 지침은 맞지 않았습니다. 철도 회사의 집요한 감시는 기차를 타는 일조차 어렵게 만들었습니다. 시대가 달라졌던 것입니다. 철도 회사는 부랑자를 원하지 않았습니다. 원하지 않는 정도가 아니라 박멸을 목표로 내세웠습니다. 나는 거의 박멸당할 뻔했습니다. 그래서 부랑 여행을 포기했습니다. 울프 순례의 두 번째는 기계 체험이었습니다. 나는 공장과 세탁소와 탄광을 돌며 기계처럼 일했습니다. 허기와 피곤과 멸시를 물리치고 쉼 없이 기계를 돌렸습니다. 물론 나는 울프의 경고를 잊지는 않았습니다. 기계는 언젠가는 운행을 멈춘다는 그 경고 말입니다. 노동을 통해 생존의 위기에서 어느 정도 벗어난 나는 일을 그만두었습니다. 내겐 또 다른 울프 순례가 남아 있었습니다. 도서관에 다녔습니다. 울프가 읽었던 책들을 빌려서 읽었습니다. 그 책들의 아름답고 허망한 구절들을 노트에 적었습니다. 노트를 찢어 숙소 곳곳에 붙였습니다. 그렇게 한 이유는 오직 하나입니다. 울프와 내가 겪었던 일들을 글로 쓰기 위해서입니다. 나는 아직 다 쓰지 못했습니다. 그 어떤 결실도 이루지는 못했다고 말씀드린 이유입니다. 글을 다 쓰면 울프를 만나러 오려고 했습니다. 내가 쓴 글을 놓고 울프와 이야기를 나누고 싶었습니다. 내가 쓴 글만이 그의 초청장을 대신할 수 있을 거라 믿었습니다. 여행도 끝내지 못했기에, 글도 완성하지 못했기에 나는 울프를 보러올 수 없었습니다. 아무것도 이루지 못한 무기력한 패자의 모습으로, 초청장도 없는 빈손으로 울프를 보고 싶지는 않았습니다. 다시 말씀드리겠습니다. 나는 2년 전에 미국에 왔으면서도 울프를 보지 못했습니다. 조선에서의 만남이 그와의 마지막 만남이 되고 만 것입니다. 일이 이렇게 된 건 내 잘못 때문입니다."

부인이 말했다.

"영 보이, 당신은 울프를 제대로 기억하는 보기 드문 사람이로 군요."

지나친 칭찬이었다. 내가 말했다.

"그런 건 아닙니다. 다만 우린 한 팀이었다는 기억만큼은 계속 해서 떠오릅니다."

"팀이라는 말을 들으니 생각이 나는군요. 몇 해 전 울프와 나는 요트 여행을 했어요. 세계 일주를 할 생각이었지요. 울프는 조선 을 방문할 계획을 갖고 있었어요. 영 보이 당신을 만날 기대에 부 풀어 있었어요. 하지만 우리는 오스트레일리아에서 포기하고 말 았지요. 울프가 아팠기 때문이에요. 울프는 제대로 서 있지도 못할 정도로 아파했어요. 전조도 없이 갑자기 찾아온 병, 온몸에 극심한 통증을 일으키는 병이었기에 무척 당혹스러웠어요. 그 상태로 여 행을 계속하는 것은 불가능했어요. 우리는 요트 여행을 중단했어 요. 그런데 미국행 여객선에 탑승하자 울프의 병은 사라졌어요. 발 병한 적이 없었던 것처럼 깨끗이 사라졌어요. 울프는 안타까워했 어요. 자신의 신체가 팀의 재회를 방해했다고 말했어요. 나는 여객 선을 타고 가는 방법도 있다고 말했어요. 울프는 고개를 젓더군요. 그건 팀원을 만나는 올바른 방법이 아니라면서요. 오늘 당신을 보 니 알겠어요. 두 사람은 분명히 한 팀이었네요."

그날 우리는 늦게까지 대화를 나누었다. 부인은 조선에 머물던 시절의 울프에 대해 알고 싶어 했다. 나는 기억나는 대로 상세하게 이야기해 주었다. 부인은 조선에 대해서도 알고 싶어 했다. 나는 부인에게 조선이라는 나라는 더 이상 존재하지 않는다고 알려 주었다. 부인은 조선어에 대해서도 알고 싶어 했다. 나는 빨리, 양반, 구경, 개새끼, 10리 등의 단어를 알려 주었다. 부인이 가장 좋아한 단어는 구경이었다. 부인은 자신이 아는 울프에 대해서도 들려주었다. 부인의 감정은 단어들이 늘어갈수록 고조되었다. 결국엔 눈물과 한숨을 섞어서 내가 알지 못하는 울프에 대한 여러 이야기를 들려주었다. 밤이 깊어졌다. 이야기는 제 기능을 발휘했다. 부인은 이야기를 통해 안정을 되찾았다. 어느 순간 우리의 대화는 끊겼다. 나는 흔들의자에서 몸을 일으켰다. 이제 가야겠다고 했다. 부인은 나를 떠나지 못하게 했다. 울프가 머물렀던 방에서 하룻밤이라도 보내는 게 망자에 대한, 아니 팀원으로서의 예의라고 했다. 예의, 아름다운 말이었다. 나는 그렇게 했다. 울프가 죽었던 바로 그 방에서 잠을 자고 다음 날 아침이 되어서야 길을 나섰다. 1917년 가을, 1918년 봄과 가을에 방문했을 때도 그렇게 했다.

나는 당분간은 올 수 없을 것 같다고 말했다. 늘 그랬듯 부인은 이유를 묻지 않았다. 내가 말했다.
"조선으로 돌아갈 생각입니다."

부인이 물었다.

"얼마 전에 조선에서 있었던 독립투쟁과 관련이 있는 건가요?"

나를 만난 후 부인은 아시아 전문가가 되었다. 조선의 정보를 수집하는 얼마 안 되는 미국인 중 한 명이 되었다. 내가 말했다.

"모르겠습니다. 조선이 나라로 있었을 때에도 나는 조선을 별로 좋아하지 않았습니다. 조선은 나 같은 사람을 위해 존재하는 나라는 아니었습니다. 조선의 주인은 박순성 같은 양반이었습니다. 하지만 부인의 말을 완전히 부정하기도 어렵습니다. 독립투쟁에 나선 사람들은 나와 같은 이들입니다. 조선이라는 국가의 도움을 전혀 받지 못했던 이들입니다. 박순성 같은 양반에게 살을 뜯기고 피를 빨렸던 이들입니다. 부유한 양반들은 대부분 일본의 지배에 찬성표를 던졌습니다. 조선과 양반에게 배척당했던 이들이 미련스럽게도 사라진 나라 조선을 위해 투쟁을 벌였습니다. 그러다가 다치거나 죽었습니다. 그 부분이 내 가슴을 아프게 합니다. 그들은 어리석은 사람들입니다. 미개한 원주민들입니다. 나도 어리석음과 미개함에 동참하고 싶습니다. 그들 원주민과 함께하고 싶습니다. 부랑을 하더라도 그들과 함께하고 싶고, 기계가 되더라도 그들과 함께하고 싶고, 혁명을 하더라도 그들과 함께하고 싶습니다. 설명이 잘되었는지 모르겠습니다. 어쩌면 나는 제대로 된 이유를 대지 못한 것인지도 모릅니다. 어리석고 미개한 원주민이라 가슴에 품은 뜻도 제대로 전달을 못 했는지도 모릅니다. 다시 말씀드리겠습니다. 내가 왜 조선으로 돌아가려 하는지, 나는 잘 모르겠습니다. 나 때문에 혼란을 겪지 않으시길 바랍니다. 내 말은, 그저 그렇다는 것입니다."

부인이 물었다.

"조선에 가족은 없나요?"

나는 이렇게만 대답했다.

"어머니가 계십니다."

부인은 내 대답을 자의적으로 해석했다.

"그래서 국가를 마더 컨트리(Mother country)라고 부르는 거예요. 그렇다면 돌아가야지요. 그 이유 하나만으로도 충분해요. 영 보이의 사정은 모르겠지만 어머니를 외면하고 사는 건 좋은 삶이 아니에요."

나는 빙긋 웃었다. 부인은 울프와 닮은 구석이 참 많았다. 부인이 나와 마지막 악수를 나눈 후 말했다.

"어쩌면 울프는 새로운 부랑 여행을 떠난지도 모르겠다는 생각이 들어요. 성공의 정점에서 조선을 방문했던 것처럼 말이에요. 영보이, 정말 말도 안 되는 이론이지요?"

떠나기 전 마지막으로 울프 하우스를 보았다. 외벽과 기둥만 남아 있는 울프 하우스는 처음 보았을 때와는 달리 무척 당당해 보였다. 나는 그 이유를 깨달았다. 가장 높은 기둥 위에 늑대가 앉아 있었다. 내 생애 처음 만나는 늑대였다. 나는 늑대를 한 번도 본 적이 없지만, 보는 순간 늑대라는 사실을 깨달았다. 늑대는 하늘을 향해 울부짖었다. 하늘이 흔들렸다. 땅이 흔들렸다. 내 마음이 흔들렸다. 말로만 들었던 야생의 울부짖음이었다. 야생의 귀환을 알린 늑대가 나를 보았다. 그 눈빛은 어딘가 모르게 익숙했다. 나는 울프의 것이라고 믿기로 했다. 그렇다면 경의를 표해야 마땅하리라. 나는 나와 한 팀을 이루었던 남자, 이제는 진짜 울프가 된 남자에게 허리를 깊이 숙였다. 속으로 다짐을 했다.

'울프 당신과 영 보이 나의 이야기를 언젠가는 꼭 완성하겠습니다.'

고개를 들었을 때, 늑대는 없었다. 아무것도 없는 것은 아니었다. 늑대가 사라진 공간을 채운 건 고요였다. 빈틈없이 완벽한 고요, 강한 고요가 내 앞에 있었다.

# 작가의 말

내게 잭 런던은 《야성의 부름》과 《강철군화》의 작가였다. 어려서는 앞의 책을, 대학에서는 뒤의 책을 읽었다. 두 작품은 같은 작가가 쓴 것으로 보이지 않는다. 전자는 적자생존의 법칙에, 후자는 사회주의혁명론에 빚을 졌다. 모순은 잭 런던의 삶에도 존재한다. 잭 런던은 사회주의자이면서도 부르주아의 삶을 그리워했다. 주류의 인정을 열망했으면서 부랑자로 남기를 원했다. 모순은 혼란을 불러왔다. 모순이 그의 삶을 일찍 마감하게 했다고 해도 과언은 아닐 것이다. 나는 어떤 책을 읽다가 잭 런던이 조선을 방문한적이 있다는 사실을 알게 되었다. 잭 런던이 조선에 체류할 때 썼던 기사들이 책으로 묶여서 나왔다는 사실을 알게 되었다. 그 책의 제목은《잭 런던의 조선사람 엿보기》(윤미기 옮김, 한울, 2011)다. 흥미로웠다. 역자는 불쾌할 수도 있다고 썼지만 나는 조금도 불쾌하지 않았다. 아마도 내게 그 시절의 조선에 대한 애정이 전혀 없기 때문일 것이다. 민생과 개혁을 외면한 조선은 망해서 마땅한 나라였다. 잭 런던은《야성의 부름》을 쓴 작가의 입장에서 냉정하게 조선을 관찰하고 있었다. 그러나 잭 런던은《강철군화》의 작가기도 했다. 잭 런던은 전쟁을 혐오했다. 전쟁의 도구로 소모되는 병사들에 대한 안타까움과 전쟁의 소용돌이에 휘말린 조선 민중에 대한 연민을 곳곳에서 드러냈다. 책을 완독한 나는 잭 런던에 대한 소설을 쓰기로 결정했다. 그리고 썼다. 한 권의 책을 더 언급하는 것으로 마무리하고자 한다.《잭 런던》(토마스 아이크 지음, 소병규 옮김, 한울, 1992)이 없었다면 이 소설은 쓰기 어려웠을 것이다.

노파심에 한 가지 더. 나는 소설을 쓴 것이지 잭 런던의 일대기를 쓴 것이 아니다. 작가의 권한으로 잭 런던의 삶과 조선에서의 행적을 조작했다. 조선에 대한 잭 런던의 생각이 궁금하다면《잭 런던의 조선사람 엿보기》를, 잭 런던의 생애가 궁금하다면《잭 런던》을 읽기 바란다.